D1936099

Der Thaya

Gerald Szyszkowitz

Der Thaya

Roman

Wien Verlag – AWV Verlag

Personen und Handlung
sind frei erfunden. Jede
Ähnlichkeit mit lebenden
Personen ist ungewollt
und wäre rein zufällig.

Gesamtausgabe Band 1

Umschlaggestaltung unter Verwendung einer Zeichnung des Autors.

Erstausgabe 1981

© Copyright 2001 by Wien Verlag – AWV Verlags GmbH

Das Werk einschließlich aller seiner Teile ist urheberrechtlich geschützt. Jede Verwendung außerhalb der engen Grenzen des Urheberrechtsgesetzes ist ohne Zustimmung des Verlages unzulässig und strafbar. Das gilt insbesondere für Vervielfältigungen, Übersetzungen, Mikroverfilmungen und die Einspeicherung und Verarbeitung in elektronischen Systemen.

Satz: Zehetner Ges. m. b. H., A-2105 Oberrohrbach
Druck: Theiss Druck, Wolfsberg

ISBN 3-902099-01-1

Für meine Mutter

Die Thaya

Im Norden des Waldviertels, hart an der mährischen Grenze, liegt die Urpfarre Niklasberg. Bis zum Zweiten Weltkrieg, und auch noch einige Jahre danach, konnte man hier, wenn man genau nach Norden ging, also am Ufer der mährischen Thaya entlang, nach Pisling gehen, oder durch den Niklasberger Wald nach Tiefenbach und Ranzern. Heute heißt Pisling Písečné, Tiefenbach Hluboká und Ranzern Rančírov, aber hinübergehen kann man von hier nicht mehr, denn kurz nach der Grenze, die auf Sichtweite jeweils mit einem rotweißroten Pfosten markiert ist, hören alle Wege auf, und eh' man sich's versieht, hat man mitten im Wald einen Stacheldraht vor sich. Nicht einmal die Hasen können hinüber.

Die braune mährische Thaya aber fließt hier trotz der Grenznähe Jahr für Jahr ruhig und idyllisch. Nur wenn es irgendwo draußen in der Welt zu rollen und zu grollen beginnt, wenn in Brandenburg oder am Ussuri wieder einmal der Boden von Panzerketten bebt, dann regt es sich auch hier, dann reißt, wenn's Sommer ist, der trockene Lehm zwischen dem Schilf und den Weidenwurzeln am Ufer, und wenn's Winter ist, kracht plötzlich das Eis an den Rändern, denn wenn wieder einmal kräftig geschossen wird irgendwo an den neuralgischen Punkten der großen Welt, dann bebt die Erde auch an der

Thaya, weil dann hier an der Grenze die tschechischen Panzer ihre aufgeregten Kurven drehen und die Leuchtkugeln in den Nächten so tun, als wär' mitten im August schon wieder Silvester.

Etwa zehn Minuten Fußweg von der Grenze nach Süden liegen westlich von der Brücke, windgeschützt in einer Mulde, die etwa zwanzig Häuser des letzten österreichischen Dorfes, und gegenüber auf der anderen Seite des Flusses, auf einer kleinen Anhöhe, liegt die uralte Pfarrkirche zum Sankt Berthold und Sankt Nikola. Davor gebaut aber steht, über zwei zum Fluß steil abfallenden Gartenterrassen, ein etwas nüchterner Barockkasten, im Volksmund seit Jahrhunderten Nikolóberg oder Niklasberg genannt.

Vor Jahrtausenden soll hier heroben ein heidnischer Opferplatz gewesen sein. Der alte Beiname der Kirche, „Sankt Nikola auf den Hühnern", wurde plötzlich wieder interessant, als man bei den Ausschachtungsarbeiten für den kleinen Kirchturm, vor etwa hundert Jahren, zwar nicht auf Hühnerknochen, wohl aber auf Hünengräber mit Bronzebeilen gestoßen war. In der Kolonisationszeit vor tausend Jahren sollen die Bayern auf die vorgeschichtlichen Steinquader der Hünengräber eine Grenzburg gegen die Markgrafen von Mähren errichtet haben, und die romanische Apsis der heutigen Pfarrkirche soll ein Rest der Burgkapelle von 1188 sein.

Erwiesen ist jedenfalls, daß es in den Hussitenkriegen starke Zerstörungen in der Gegend hier gegeben hat und daß nach dem Dreißigjährigen Krieg und nach der „erfolgreichen" Gegenreformation erst unter Maria Theresia auf den eingestürzten Gewölben direkt am Abhang das neue „Herrenhaus" errichtet worden ist.

Rund zweihundert Jahre später, an einem dieser hellen Sommertage im großen Frieden nach dem großen Krieg, lag es nun, immer noch kaum verändert, gelb und weiß und ruhig in der Sonne.

Die Fenster und Türen des großen Hauses standen weit offen, damit die warme Luft in dem alten Kasten so richtig rein und raus konnte. Den feuchten Mauern an der Nordseite tat das sicher gut, so viele staubtrockene Wochen gab's hier heroben ja ohnedies nicht, die mußte man schon kräftig nutzen.

„Franz", sagte eine Frau und kam die vier ausgetretenen, schiefen Steinstufen vom Haus herunter zur Laube, „Rudi hat angerufen, er wird gegen sechs hier sein, und zwei Freunde bringt er auch noch mit."

„So", sagte der Alte, „mit Freunden, da sollten wir aber doch jemanden dazu einladen, wir allein sind ja wirklich nicht mehr der richtige Umgang für junge Leute."

„Den Doktor Müller vielleicht", sagte sie.

„Oder den Kienast und seine Frau", sagte er, „bei ihm weiß man zwar nie, ob er überhaupt was sagt den ganzen Abend, aber sie ist doch nicht auf den Mund gefallen. Sie ist zwar auch nicht mehr die Jüngste, aber weiß Gott, für eine Bäuerin, die jeden Tag noch selber im Kuhstall steht, ist sie doch immer noch recht dekorativ."

„Wenn ich gleich anrufe, ist sie wohl noch nicht im Stall", sagte sie, und „sie hat übrigens auch wieder ein Lochbeil gefunden, beim Steinklaubn, am hinteren Lüß."

„Soll sie unbedingt mitbringen", sagt er „und die beiden Schwarzenau kommen doch sicher auch recht gern. Er jedenfalls. Und sie ist zwar fad, aber sie hat doch eh nix zu tun im Grund, in ihrem Schloß, wenn die Hund' einmal gefüttert sind, oder?"

„Das Jüngste von den Kienast hat allerdings Mumps", sagte seine Frau und ging.

Der alte Thaya sah auf den glitzernden Fluß hinunter und auf das Dorf drüben, sah einem Traktor nach, der auf die sonnigen, aber noch nicht gelben Felder gegen Riegers hinauffuhr, sah auf den sanften, etwas dunkleren Klumetzberger Wald und weiter darüber hinaus nach Nordwesten hin, wo die Nachmittagsmaschine von Prag nach Wien ihren eleganten Kondensstreifen quer über den Himmel zog, faltete die „Nachrichten" zusammen, nahm sein leeres Glas und beschloß, hinaufzugehen, um sich was anderes anzuziehen. Er freute sich auf seinen Buben.

Er hatte weiß Gott in seinem langen Leben viel erlebt und war nun allmählich bereit, an ein Ende zu denken, und alle Erfahrungen vor allem seinem Sohn, aber auch den Nachbarn, besonders aber den Leuten von der eigenen Partei quasi als Testament weiterzugeben. Vor allem das wollte er weitergeben, was er für den Sinn und die Würde des Lebens hielt. Und sein Sohn würde die Weisheit des Vaters dann wohl noch vermehren, und so weiter und so weiter, bis in alle Ewigkeit, Amen.

Der alte Thaya war glücklich, als er so durch den

Garten stapfte, bückte sich nach ein paar Erdbeeren, roch daran und nahm sie mit für seinen Sohn.

Er verabscheute zwar jeden plötzlichen Überfall und die damit zusammenhängenden Unüberlegtheiten, hätte auch diesmal eine briefliche Anmeldung des Sohnes vorgezogen, trotzdem freute ihn aber der Besuch, weil er zeigte, daß dem Rudi die elterliche Häuslichkeit und ländliche Ordnung doch immer noch ein Ziel waren.

Die sorgfältige Pflege aller wesentlichen Beziehungen, und dazu gehörte bei einem jungen Mann eben zweifellos auch die Beziehung zu den Eltern, zählte der alte Thaya zu den notwendigsten Tugenden eines intelligenten Menschen, und den sicher wägenden Hochmut, wieviel Bemühung bei der oder jener Bekanntschaft notwendig war – oder wieviel Liebe bei einer wirklichen Freundschaft –, diese ererbte Sicherheit bei der Einstufung von Gefühlen hielt der alte Thaya für eine der wesentlichsten Begabungen eines jungen Mannes, der sich ja, das hatte für ihn immer schon festgestanden, früher oder später in seinem Vaterland noch „auszeichnen" sollte.

Diese Selbstverständlichkeit, daß ein Mensch in irgendeiner Weise und zu irgendeiner Zeit sich „auszuzeichnen" hatte, das war nicht ökonomisch-pekuniäre Berechnung oder etwa eitle Ruhmgier, sondern das war schlicht sein Naturverstand, der ihm das eingab, diese ganz einfache Überzeugung, daß man auf irgendeinem Gebiet eben besser zu sein hatte als alle andern. Diesen Naturverstand trifft man auch heute noch auf dem Land gerade bei jenen Leuten, die weitum eine erstaunliche Verehrung genießen, weil sie, aus langer Tradition, im Krisenfall verläßlich das Wesentliche, nämlich das überpersönlich Allgemeine, immer noch vor den eigenen Vorteil stellen.

Der alte Thaya war so ein Mann, und auch ohne jedes öffentliche Amt war er dem ganzen Grenzland eine Vaterfigur. Fast schon ein Denkmal. Daß er zudem als „hochanständig" galt, war selbstverständlich, denn von seiner Freundin in Horn wußte nur der Hauptmieter der kleinen Wohnung über dem Papierladen gegenüber dem „Löwen", und da also ansonsten quasi niemand im Waldviertel von dieser Erika in diesem delikaten Zusammenhang etwas wußte, wird sie von uns auch nur mehr spärlich erwähnt werden, denn da die Dame tatsächlich nie auf dem Niklasberg gewesen ist, und da er ja auch nun doch nur noch selten nach Horn kam, sahen die beiden sich in letzter Zeit ohnedies immer weniger.

So einfach sind oft komplizierte Sachen, und obwohl die Waldviertler an sich eher schwerfällig und beharrlich sind, löst sich doch auch gelegentlich so ein Waldviertler Gelegenheitsverhältnis verhältnismäßig leicht.

Etwa zur selben Zeit, als der Nachbar Kienast im Einfahrtstor des größten Vierkanthofes im Dorf Ziernreith seiner Frau sagte, daß ein Kind, das Mumps hat, abends nicht ohne Mutter sein sollte, fuhr Rudi mit Gotthard und Rado in seinem klapprigen blauen Ford Taunus gerade außen am Ziernreither Kreuz bei der alten Linde vorbei, und auf dem schmalen Sandweg wehte eine helle Staubfahne hinter ihnen her.

Wegen der vom starken Frühlingsregen sehr ausgewaschenen Querrillen mußte Rudi hier aber nun doch langsamer fahren, und nach der Holunder- und Wildrosenhecke hielt er kurz an, denn hinter den wogenden, hellblauen Weizenfeldern und dem hellgrünen Roggen sahen sie nun die Niklasberger Kirche und das gelbe Herrenhaus.

„Per aspera ad astra", sagte Gotthard, „die Schüttelei scheint sich zu lohnen." Und „pemte maiko" sagte nun auch der ansonsten immer sehr schweigsame Rado.

„Die großen Steine am Feldrand da hinten sind übrigens Findlinge", sagte Rudi, „enorm historische Gegend. Vor zwei Jahren hat mein Vater hier eine Ausstellung gemacht: sechstausend Jahre Ackerbau an der Thaya. Nur Funde von den Feldern hier. Schwarze Keramikscherben, grünblaue Steinbeile, kleine Schaber aus Hornstein und Speckstein, da waren dann alle Bauern enorm stolz auf sich: sechstausend Jahre Ackerbauern! Dreimal so alt wie das ganze christliche Abendland."

„Hat dein Vater diese Steinbeilsachen studiert?"

„I wo, gefunden einfach, aber er macht, wie ich hör', schon wieder so was in dem Sommer, weil er eine hallstättische Spinnwirtel und ein bronzenes Zaumzeug gefunden hat. Er wird doch noch ein rechter Kulturschani für die ganze Gegend hier."

„Prachtvoll liegt das Haus", sagte Gotthard.

„Wie Kino", sagte Rudi, „nur nicht so leicht zu erreichen."

Langsam konnte man die Einzelheiten der Anlage erkennen. Rechts die Kirche mit dem Friedhof und den hohen Lärchen, dann die kleine Volksschule, die jetzt nur mehr als Ernte-Kindergarten in Verwendung stand, links davon der Schüttkasten, anschließend die Mauer mit dem Sonnentor und ganz links außen als architektonischer Eckpunkt das Herrenhaus mit seinem geraden, barocken Schmuckgiebel an der Schmalseite, der über dem ersten Stock noch drei kleine, ovale Dachbodenfenster hatte und oben in einem etwas zu derben Zederzapfen endete.

„Der Zapfen", sagte Gotthard, „ist ein altes christliches Symbol des ewigen Lebens."

„Vorchristlich", sagte Rudi, „weit vor Christus."

„Gehen die Leut' denn in die Kirche hier?" fragte der stiernackige Gotthard und war sich eigentlich sicher, daß sie gehen, und war sich eigentlich auch weiterhin sicher, daß der Zederzapfen vordringlich ein christliches Symbol war.

„Ja, sie gehen."

„Eben."

„Die Leut' hier sind recht konservativ. Es war halt immer so. Ob s' recht christlich sind, ist ja wieder eine andere Frage. Aber was sollten s' denn auch anderes tun zur Unterhaltung? Höchstens fernsehn."

„Am Sonntag vormittag?" fragte Gotthard.

„Wenn in der Weihnachtszeit am Sonntag vormittag Schispringen oder Schifahrn ist, legt der Pfarrer die Mess' eh auf Samstag."

„Schaun die alten Weiberln auch Sport?"

„Nein, aber der Organist und die Meßbuben", sagte Rudi, legte den linken Arm ans offene Fenster und fuhr sich mit dem leicht abgewinkelten linken Zeigefinger dreimal vergnügt über die linke Seite seines weichen, hellblonden Schnurrbarts.

Obwohl das Tor zum Schüttkasten offenstand, fuhr Rudi nicht hinein, sondern hielt hart an der

Bodenkante vorne, weil er wußte, daß der erste Blick von oben auf das Thayatal hinunter, und speziell auf den Fluß im Abendlicht, wirklich umwerfend ist.

„Das ist die ewige Seligkeit“, sagte Gotthard und lauschte dem Rauschen des Wehrs und dem leisen, singenden, rhythmischen Ton einer Holzsäge.

„Ja, schön is’ es“, sagte Rudi, „aber halt verdammt weit weg von Wien.“

Pause.

„Und wenn dein Vater einmal tot ist“, sagte der dicke Gotthard plötzlich und schob sich den Original-Jägerhut aus Bozen etwas über seinen runden Kopf in den wulstigen Nacken, „dann laßt du deinen Schreibtisch im Ministerium einfach stehen und ziehst da heraus und säst und erntest, wie es geschrieben steht, im Namen des Vaters, des Sohnes und des Heiligen Geistes?“

„Vielleicht, ja, möglich, aber vielleicht verkauf’ ich dann auch den ganzen Krempel da bei geeigneter Gelegenheit als Altersheim für ausgediente Pfarrer, die früher einmal drüben gelebt haben, und denen bringt dann die braune Thaya da unten jeden Tag ein bißl eisenhaltiges, mährisches Heimatwasser herüber, und wenn s’ da auf den Kirchturm steigen, können sie sich einbilden, sie sehen durch das Glockenfenster drüben überm Wald die blauen Türme des heiligen Znaim.“

Nachdem Rudi seinem Vater die beiden anderen als „Kollegen aus dem Ministerium“ vorgestellt hatte, ohne besonders zu betonen, daß der stiernackige Gotthard dort in Wahrheit sein Vorgesetzter war, dafür der lange Rado aber eigentlich gar nichts mit dem Ministerium zu tun hatte, führte der Vater sie durch die kleine grüne Pforte aus dem frisch gemähten Hof wieder hinaus zwischen den Jasminbusch und die Mohnblumen.

„Herzlich willkommen“, sagte er dabei, „aber am besten wär's, Sie nehmen Ihre Taschen aus dem Wagen gleich mit, und Rudi zeigt Ihnen zuerst einmal Ihr Zimmer, denn bei uns war das nämlich immer schon so, zuerst muß man sich die Hände waschen und wissen, wo man schlaft, und erst dann gibt's Konversation. Um Viertel vor sieben wird gegessen oben im Salon. Also bis dann, meine Herr'n.“

Verblüfft machten der lange Rado und der stiernackige Gotthard also kehrt, um ihre Sachen aus dem Wagen zu holen, und ließen sich dann von Rudi durch die untere Halle in das Fremdenzimmer führen.

„Exakter Mensch, dein Vater“, sagte Rado.

„Exakt, aber herzlich“, sagte Rudi.

Der Vater hatte von seinem Sohn einen ganz gegensätzlichen Eindruck. Die kurze Begrüßung, der schnelle Blick in Rudis helle, aber unstete Augen, bestärkten den alten Thaya in seiner Ansicht, daß der junge Mann zwar die bequeme Beamtenstellung in der Stadt noch nicht aufgegeben hatte, daß da aber doch eine ganz neue Unruhe in den Pupillen spukte und sprang. Es fehlte dem Jungen wohl immer noch an einem festen Willen, dachte der Vater, denn die Verführbarkeit dieser Augen zu jedem nur möglichen Zickzack des Lebens war offensichtlich. Ein beflügelndes Fieber schien ihn hier herausgetrieben zu haben, aber er war doch auch plötzlich wieder ganz ruhig, ja er wirkte sonderbarerweise robust und morbid in einem, brachte eine verrauchte Kaffeehausluft hier in das alte Haus und doch auch wieder eine selbstverständliche Vertrautheit mit jedem Türgriff hier.

Die Freunde gefielen dem Alten weit weniger. Sowohl den Dürren mit der kalten Pfeife als auch den Stiernackigen an seiner Seite empfand er sofort als Fremdkörper hier. Der erste Blick des Langen mit der ausgefransten Hose war dem alten Thaya viel zu absolut und fanatisch, und das schräge, abgedeckte G'schau des Dicken war ihm hinwiederum viel zu demütig, zu sehr „über Bande", würden Billardspieler sagen, kurz, der Kleine roch nach Weihrauchkessel und Amtsstubenpapierkorb, und der Fanatische hatte diese borstige, dreißigjährige Überheblichkeit der Jugend, die alten Leuten immer sehr schnell lächerlich erscheint.

Dem Vater war sofort klar, schon während er noch seine höflichen Einladungsworte zum Händewaschen und zum Abendbrot gesprochen hatte, daß diese Freunde seines Sohnes nur Großstadtdurchschnitt waren, keinerlei Hoffnung, daß die je eine besondere Bedeutung oder Stärke zeigen würden, denn der Dürre war zwar vielleicht phantasievoll, aber doch ohne kontinuierliche Kraft, und der Bauchige war zwar vielleicht zäh, aber doch ohne Utopie und Spekulation.

Aber gerade vor diesen beiden Allerweltsfiguren fielen dem Vater plötzlich die geheimnisvollen Veränderungen auf, die offentlichtlich im Gesicht seines Sohnes in den letzten Monaten sich entwickelt hatten. Und in dem Moment, wo er ihn zur Begrüßung kurz auf die Wange küßte, wußte der Vater, der Sohn war verliebt, und bei der erstbesten Gelegenheit würde der ihm wohl auch alles erzählen. Darum also war er so plötzlich da herausgekommen.

Einen Hauch von Abneigung fühlte der alte Thaya in sich wachsen, weil die Chance, mit dem Sohn zu reden, durch die vielen Gäste gleich empfindlich gestört sein würde, und bedrückt sah er nun dieser feierlichen Unschärfe entgegen, die viele Fremde rund um einen Tisch sofort verbreiteten, aber die beiden Nachtfalter, die vom Jasminbusch hin und her und auf und ab zu ihm herübertaumelten, erfreuten ihn so sehr, daß er dem Abend nun doch wieder gelassen entgegensah.

„Ich mag diese stark gewölbten Räume", sagte Gotthard im Fremdenzimmer.

„Natürlich, weil sie dich an Kapellen erinnern", sagte Rudi, „aber im Ernst, im Winter sind die prima zu heizen."

„Ist es denn wirklich so kalt hier im Winter?" fragte Gotthard.

„Wie in Sibirien. Die Bäume an der Thaya sind manchmal eine Woche lang im Rauhreif, und wenn Verwehungen sind und der Schneepflug tagelang nicht durchkommt, dann bleibt nur das Telefon. Wenn's aber recht stürmt, fallen manchmal Bäume auch auf die Telefonleitungen. Dann wird das Holz aus dem Wald sehr wichtig, wenn man sich beim Koks verschätzt hat und man weder jemand anrufen kann, noch jemand durch die Verwehungen durchkommt, um einem Koks zu liefern für viel Geld."

„Urig“, sagte Gotthard.

„Wie ich dir gesagt hab’, alles noch nicht so sehr weit von Steinzeit und Heidentum.“

„Aber eben doch veredelt durch Christentum, Koks und Telefon“, sagte Gotthard.

„Solang die Sonn’ scheint“, sagte Rudi, „aber vor allem bitte, sich nicht zu wild in die Betten zu schmeißen, die sind nämlich noch von unserer Urgroßmutter aus dem Salzburgischen, aus Goldegg, sagt meine Mutter immer ganz schüchtern, besonders wenn junge Ehepaare uns besuchen, schön sind sie zwar, aber der Wurm ist halt drin, das heißt, er war drin, aber die Löcher sind’s halt immer noch. Die Urgroßmutter war übrigens mit einem Maler verheiratet. Wir haben oben Bilder von ihm. Falls irgend jemand die Absicht haben sollte, sich bei meinem alten Vater einhauen zu wollen, der bitte soll eine der Schwarten oben im Salon als schön bezeichnen.“

„Ihr seids wirklich das reinste Familienmuseum“, sagte der gewichtige Gotthard und setzte sich ächzend.

„Du wirst hier noch wahre Köstlichkeiten zu Gesicht bekommen. Zum Beispiel steht Rados Bett an einer feuchten Wand, und irgendwann wird dann der Schwamm da unterm Bett hervorwachsen.“

„Gotthard, tauschen wir, ich hab’ alte Partisanenischias aus Skoplje, und dir hilft doch eh Nachtgebet allabendliches sicher auch gegen Wasser in Wand“, sagte Rado.

„Dafür seid ihr aber gegen Einbrecher vollkommen sicher, durch diese barocken Gitter da kommt niemand.“

„Gibt's denn so viele Gauner hier an der Grenz'?" fragte Gotthard und warf seine Tasche auf Rados Bett.

„Aber im Gegenteil, Zollgrenzbezirk, dauernd Streifen, da ist's sicherer als überall in Wien. Wer da fremd ist, fallt sofort auf. Tote Grenzwege, kein Durchzugsverkehr, keine Touristen, auch im Sommer sind in Raabs und Weikertschlag nur die Sommergäste, die schon vor dem Ersten Weltkrieg gekommen sind, nein, nein, mein Lieber, nichts Neues unter dieser Sonne."

„Bis einmal die Russen kommen", sagte Gotthard.

„Du, nicht einmal die würden haltmachen da, sondern gleich bis zur Enns und nach Triest durchmarschieren, dann abriegeln und dann erst ausputzen."

„Doch unangenehme Gegend."

„Und in Wien fühlst dich sicherer?"

Pause.

„Wenn dann zweimal geläutet wird, bitte sich zu beeilen, der Vater wartet ungern, auch wenn er sich's nicht merken läßt. Gegenüber ist übrigens das Badezimmer. War früher einmal die Rauchkuchl. Ist auch demgemäß immer noch recht finster. Lichtschalter links von der Tür. Und bitte den Kopf einziehen, weil die Türe ist seit einigen Jahrhunderten nicht verändert worden."

„Und die Wände sind dort auch naß?" fragte Gotthard, der seine behäbigen Hamsterbacken mit Seifenschaum noch fülliger gemacht hatte.

„Herunten alle mehr oder weniger. Aber oben ist der ganze Kasten staubtrocken. An sehr heißen

Sommertagen ist es hier unten dafür aber wirklich sehr angenehm kühl. Und im Winter mußt halt kräftig heizen."

Rudi verließ die beiden. Er wollte noch vor dem Essen seine Mutter in Ruhe begrüßen und seinem Vater mitteilen, daß er sich in Wien ernstlich verliebt hatte, daß er also vielleicht doch noch heiraten und dann möglicherweise Kinder haufenweis' nach Niklasberg schleppen werde, und dann könne man sich ja einbilden, daß die Welt vielleicht wirklich schöner und schöner werden würde von Tag zu Tag, denn, wie's bei Nestroy heißt, „es kann wirklich nix Gspaßigers gebn, als wenn die Leut in einer Einbildung lebn".

Während also Rudi in einer etwas gespielten Jugendlichkeit in der Küche seine Mutter umarmte und etwas flapsig das Dorfmädchen Zita begrüßte, das der Mutter beim Römertopf half und immer lachte, wenn man ihr etwas sagte, rasierten sich die beiden Gäste in ihrem Zimmer ohne Spiegel und suchten sich frische Hemden aus ihren Sachen. Der lange Rado lag mit den Schuhen im Bett und erledigte alles elektrisch, der mächtige Gotthard aber schabte sich mitten im Zimmer sein rundliches Kinn.

„Nett ist er ja, der Rudi", sagte Gotthard, „nur hat er halt absolut keine Ahnung von Politik. Er ist einfach haltlos liberal. Er kommt zwar, wie man da sieht, aus einem anständigen Haus, aber erstens ist das alles hier doch ganz anders als er, viel schwerer und solider, und zweitens ist halt die Chance der Liberalen heutzutag eben doch ein für allemal historisch vorbei. Nicht nur bei uns im Ministerium.

Überall. Und das sieht er nicht. Aber wer soll ihm denn dann weiterhelfen, wenn er nirgends hingehört? Niemand. Eben. Dabei ist das doch so einfach, heutzutag muß man rechts sein wie ich, oder links sein wie du, alles andere ist sinnlos."

„Aber nur einer aus Haus wie dieses, glaub mir, ich hab' alles das doch genug erlebt in Skoplje, nur so einer kann es sich leisten, liberal zu sein, ohne daß er friher oder später auf Staatsmarxismus reinfallt", sagte Rado, der große Schweiger, legte den Rasierapparat auf den Boden und schloß die Augen.

Bevor der rundliche Gotthard aber nun klarstellen konnte, was genau er persönlich von solchen Leuten wie Rudi Thaya befürchtete, hörten sie, daß die Glocke zweimal angeschlagen worden war, und mußten sich beeilen, um den Alten nicht durch unachtsames Zuspätkommen zu kränken.

Oben im Salon standen indes Vater und Sohn in einer Fensternische und sahen die letzte rubinrote Krümmung der Sonne verschwinden, und obwohl beide eigentlich dasselbe hätten sehen müssen, versank die Sonne für den Vater geradewegs in der harten Waldschneise des tschechischen Grenzzauns, für den Sohn aber einfach in irgendwelchen Fichten.

„Der Lehrer hat mich gebeten", sagte der alte Thaya und tastete sich langsam an seine eigentliche Frage heran, „mich für die Landtagswahl zur Verfügung zu stellen, weil die Leute mich kennen, damit sie einen auf der Liste haben, der auch ein bißl über die Vergangenheit weiß. Grad da heroben an der Grenze sollten halt die Leute besonders genau wissen, seit wann und warum sie eigentlich zu dem oder zu dem Staat gehören, ja, lach nicht, gerade die Leut' an so einer Grenz' müssen das wissen."

„Ja, Grenz', Grenz', aber die Altersgrenz' wird dann einfach übersehn."

„Du, aber gar nicht, nur, grad die verführt halt besonders zum Schmuggeln, und dann fühlt man sich halt leicht wie siebzig, obwohl man's nimmer ist, aber so wild wird's schon nicht werden."

Der Sohn sah kopfschüttelnd in das blasse Rot, das die Sonne hinterlassen hatte.

„Ja, ich weiß", sagte der Vater, „du meinst, ich werde bald enttäuscht sein, weil bei der Politik und bei der Preßwurscht soll man nicht zuschaun, wie sie gemacht wird, aber grad das hohe Alter hat mehr mit politischer Weisheit zu tun, als du glaubst, und die jungen Leut' in der Stadt schwärmen ja auch von Jahr zu Jahr mehr für alte Möbel, vielleicht paßt am Land so ein alter Esel wie ich grad jetzt auch gut ins Bild."

„Ich glaub', es ist ein Fehler, Vater, wirklich."

„Vielleicht, aber wenn ich so zurückdenk'", sagte der Alte, „hab' ich keine Angst vor Fehlern, und ich würde sicher alle noch einmal machen, wenn ich die Chance dazu bekäm', nur früher jeweils, weißt du, damit ich mehr davon hab'."

Pause. Der Sohn lachte.

„Ich glaub' wirklich", sagte der Vater, „jedes Lebensalter hat auch seine besonderen Vorteile, nur entdeckt man die leider immer zu spät."

Der Sohn wurde wieder ernst.

„Und mit solchen Schmähs", sagte er, „willst du die Leut' dazu bringen, daß sie grad dir die Stimm' geben?"

„Der Oberlehrer Kunz meint eben, es sei jetzt wichtig, daß man gerade diese Leute zur Wahl kriegt, die sonst erst gar nicht hingingen. Die Stammwähler wählen sowieso Schwarz oder Rot, da kann's Schusterbuben regnen, aber es geht jetzt um die, die schon ganz irr geworden sind am Lauf der Welt und die gar nichts mehr zu tun haben wollen mit aller Politik."

Nach einer Pause sagte der Sohn: „Jaja, ich könnt' mir dich schon vorstelln, nur halt nicht grad bei den Uraltkonservativen, also wirklich, recht wär's mir nicht."

„Ja, ich weiß, konservativ ist auch so ein Wort, das neuerdings bei euch in der Stadt sehr in Verruf gekommen ist, weil ihr alle alles von Grund auf verändern wollts, aber konservativ sein heißt für mich ja gar nicht, alles genau so lassen zu wollen, wie es ist, nein, für mich ist grad ein Konservativer ein Mann, der nicht wartet, bis seine Bruckn in die Donau fallt, sondern der immer schon vorher genau schaut, so wie das früher immer war, welcher Pfosten jeweils morsch wird, und der dann jeweils diesen Pfosten so radikal und so schnell wie möglich austauscht, aber eben nur diesen Pfosten, verstehst, verändern mit Vernunft! Die andern lassen alles erst einmal passieren, wie's passiert, und wenn dann die ganze Bruckn in der Donau liegt, dann baun s' halt gleich eine riesige, ganz neue mit Steuergeldern hin. Wurscht, was dann das alles kostet, aber so unvorsichtig bin ich halt nicht mehr, so unsparsam, und das halt' ich halt für konservativ im guten Sinn, wenn man schon vorher vorsichtig ist und Pfosten für Pfosten erneuert, nicht alles auf einmal, aber wenn du älter sein wirst, vielleicht kriegst auch mehr Sinn dafür, weißt?"

„Aber praktisch, Vater, das Geschäft wird dir erstens zu anstrengend sein, und zweitens wirst dich ja eh um nichts anderes kümmern als um die Erhaltung von alten Brückerln, Sonnentoren und einsturzgefährdeten Kapelln in der Einschicht, wo jedes Jahr höchstens ein paar Dutzend Wähler vorbeikommen."

„Siehst, und um die geht's mir hier", sagte der Alte, „aber apropos Kapelln, heut wird auch der Doktor Müller da sein, aus dem Stift im Mühlviertel unten, der im Sommer manchmal ein paar Wochen in der Gegend da aushilft als Pfarrer, erinnerst dich noch an ihn? Der soll jetzt nach Rom und soll auch irgendwas werden da drunt."

„Früher", sagte der Sohn, „früher warst aber doch nicht gar so intim mit den geistlichen Herrn, willst dich doch schon langsam aufs ewige Leben vorbereiten?"

„Vielleicht", sagte der Vater, „aber heut möcht' ich vor allem, daß deine Kollegen einen guten Eindruck haben vom wilden Nordwald da heroben. Und der Müller ist da nicht der Übelste. Auch wenn er neben seinem christlichen Herzen auch einen Rechenschieber hat in der Brust."

„Ideal. Dann setzen wir ihn gleich neben den Gotthard. Denn der ist auch ein großer Rechner. Und ein großer Zuhörer. Ja fast ein Aushorcher. Professionell. So, als wär' er immer auf dem Sprung und im Dienst. Und vorsichtig! Weiß immer noch einiges mehr, als er jeweils sagt, aus dem wird auch noch einmal etwas Besonderes in unserem Rückversicherungsstaat. Gut ist auch, daß dein Doktor Müller sicher fließend Latein kann, denn am Gotthard ist auch erstaunlich, daß er, obwohl er gar nie richtig studiert hat, immer mit einer Handvoll lateinischer Merksätze glänzt, und das Sonderbarste daran ist, er glaubt sie selber. Wirklich, da er Erfolg hat mit seinem ewigen ‚Siegen durch Nachgeben' und ‚per aspera ad astra', hat er ‚via facti' halt die Überzeugung, daß tatsächlich alles, was er tut, richtig ist. Trotz aller Minderwertigkeitsgefühle, die er ‚Demut' nennt, glaubt er felsenfest an sich und seine christliche Sendung, weißt, so ganz ‚fortiter in rebus, suaviter in modo', als kleiner Leute kleines Kind, vorsichtig bei jedem Schritt, hält er sich an ‚klassische Regeln' und steigt in all dem anderen Chaos höher und höher."

„Du meinst also, wenn schon jemand von uns in die Politik soll, dann der", sagte der Vater.

„Ja, das mein' ich", sagte der Sohn.

„In der Stadt ist das anders als hier", sagte der Vater.

„Der Gotthard hat als Musterkatholik", sagte der Sohn, „natürlich auch eine ganze Jungschar von Kindern zu Haus, und für die sucht er jetzt einen Auslauf da heraußen. Drum ist er mit, vor allem, er möcht' sich ein bißl umschaun da heraußen, wie man da so lebt im Sommer."

„Jaja, gut, gut", dachte sich der Alte, „so genau will ich jene Familienverhältnisse ja gar nicht wissen, mich interessiert eigentlich viel mehr, wie du, mein Sohn, es hältst in ‚rebus illis'." Aber gerade als der alte Thaya den Sohn nun fragen wollte, weswegen er selbst denn nun eigentlich wirklich herausgekommen sei, trat mit lauter Begrüßung der Baron Schwarzenau in den Salon, und „hallo“, sagte er, „wie geht's, ich hör', Sie kommen demnächst in den Landtag, Thaya, allerhand, allerhand, meine Unterstützung haben Sie, meine herzlichste Gratulation!“

„Schon gelogen“, dachten sich Vater und Sohn im selben Moment, „denn der Schwarzenau wollte doch sicher immer nur selber was werden in der Partei, aber bitte, vielleicht ist die ganze übertriebene Freundlichkeit doch wieder teilweise echt“, dachte sich Rudolf weiter, „weil ein Landtagsabgeordneter hat doch bei vielerlei Geschäfterln Einfluß und Informationen, und da kann ein Baron Schwarzenau von einem Abgeordneten Thaya durchaus passabel profitieren, wenn er sich nur gutsteht mit ihm, also sind da einige Unterwürfigkeiten, Selbsterniedrigungen und Allerweltsfreundlichkeiten durchaus angebracht. ‚Solche Fälle sind sehr häufig‘, sagt ja schon Nestroy, „es ist nicht zum Beschreibn, was die Leut auf der Welt wegn Geld alles treibn.“

Rudis Mutter hatte zweimal mit der alten Sakristeiglocke geläutet, die ursprünglich ihren Dienst in der Kirche versehen hatte, solange sie noch einen richtigen Klöppel gehabt hatte. Als der eines Tages aber weg gewesen war, hatte der Herr Pfarrer von einem Besuch im Stift eine der dortigen Tischglocken mitgebracht und sie vom Mesner an der Sakristeitüre der linken Kirchenseite anbringen lassen mit der weisen Bemerkung: „Wir wachsen ja alle mit unseren Aufgaben.“ Der alte Thaya hatte sich daraufhin den leeren Glockenhut erbeten, den zweiten Kellerschlüssel darin festgebunden, und seitdem rief der heilige Glockenhut im Verein mit dem profanen Kellerschlüssel täglich die Hausbewohner zum Frühstück, Mittagessen und Nachtmahl.

Gotthard wurde von Rudis Mutter die Stiegen hinaufgeführt, vermeinte an den Wänden die Stiche einiger Burgen und Schlösser der näheren Umgebung zu erkennen, irrte sich zwar, blieb aber, ohne seinen Irrtum bemerkt zu haben, da niemand ihn aufmerksam machte, an welchen Seltsamkeiten er da vorbeigegangen war, erst in der oberen Halle stehen, wo eine breite, relativ tiefe Holzvitrine stand, in der offensichtlich eine Reihe dieser steinzeitlichen Mord- und Arbeitsgeräte zur Schau gestellt waren, von denen Rudi erzählt hatte. Neben jedem Stein lag ein säuberlich beschriebenes Kärtchen. Die grünlichen und bläulichen Steine auf dem grünen Filz sahen ganz schön aus, an mehr als einem allgemeinen Eindruck war Gotthard aber nicht interessiert, weil dies alles erstens heidnisch war und zweitens mittlerweile sein allerchristlichster Magen schon sehr laut krachte.

„Die Vitrinen sind deswegen so tief“, sagte Rudis Mutter, „damit die Dorfkinder, die oft heraufkommen, leichter hineinschauen können. Grad die Kinder bringen meinem Mann viel von den Feldern. Alle Jahre müssen sie ja Steine klauben nach dem Pflügen, und da bringen sie dann immer wieder was her.“

Während sie das sagte, öffnete sich die Tür zum Salon, und Gotthard löste sich sehr schnell von den Steinen, da er instinktiv den Hausherrn nicht zu einem längeren Steinzeitvortrag provozieren wollte. Höflich grüßend trat er ein.

Der große Schweiger Rado folgte ihm aber nur langsam und machte sich ganz andere Gedanken. Eigentlich wollte er nämlich schon jetzt wieder nach Wien zurück, die ganzen alten Sachen da interessierten ihn wenig, ja, für ihn war das alles da von vornherein schon überhaupt nicht mehr wahr, ein Grenzlandmuseum, sowohl der bodenfeuchte Barockkasten mit den wackligen Betten wie auch dieser zerbrechliche, höfliche alte Mann selbst, das war eigentlich alles wie im hintersten Mazedonien, völlig irrelevant für jede heutige Gesellschaft, abzulehnen, zu vergessen, da sollte ein halbwegs fortschrittlicher Mensch einfach keine Notiz mehr davon nehmen, keinerlei Zeit mehr damit verlieren. Nachdem aber der Alte die jungen Herren aus der Stadt vorgestellt hatte, zuerst der porzellanaugigen Baronin Schwarzenau und ihrem breitmäuligen Mann, dann dem etwas steifen Doktor Müller, der alle behandelte wie ein episcopus in spe, und schließlich noch dem „Nachbarn" Kienast, überwand sich der große Schweiger doch und fragte, wie Rudi ihn gebeten hatte, was das denn für heilige Ölschwarten wären da an der Wand.

„Ja, die sind hier alle von meinem Großvater. Der war nämlich Kirchen- und Historienmaler in Salzburg. Die Betten unten, in denen Sie, wie ich hoffe, gut und lange schlafen werden, sind übrigens auch von ihm."

„Gut und lange schlafen", dachte Rudi, ist eine der wenigen Phrasen, die sein Vater immer wieder verwendete, wenn Gäste kamen, indes er aber zweifellos nur Gäste mochte, die morgens nicht nur früh, sondern möglichst gleichzeitig mit den Hühnern aus den Betten waren. Die schönste Stunde seines Vaters war seit eh und je die vor dem Frühstück.

„Sie werden jetzt sicher, von der Großstadt verwöhnt, das alles für zweitklassig halten, man malt heute ja zweifellos ganz anders, aber das hier, die Engel hier, die waren immerhin jahrelang im Kloster Nonnberg in Salzburg, und dieser Emmaus-Gang hing sogar einmal in der Diözesanverwaltung am Domplatz. Er war wohl, wie Sie richtig sagen, ein Spätnazarener. Sehr spät halt, wie alles in der Provinz. Aber immerhin, er hat bei Moritz von Schwind in München studiert, dann Führich imitiert – den Emmaus-Gang, den gibt's ja auch ähnlich von Führich –, aber die linke Seite hier beim Gold, Josef Gold, so hieß er, die linke Seite ist viel salzburgischer vom Motiv, ich hab' ein Buch mit einer Abbildung des Führich-Bildes, ich kann es Ihnen zeigen ..."

„Nach dem Essen, Vater, nach dem Essen bitte", sagte der Sohn.

„Ich meine, wenn Sie mich fragen, welches Bild mir besser gefiele, da müßte ich Ihnen ehrlich sagen, das hier, vom Großvater, weil gemalt ist es sehr schön, und der alte Petrus da ist halt ein Selbstporträt vom Großvater, und der Johannes ist der Bruder meiner Mutter. Leider ist der früh gestorben, weil ein Mitschüler ihm ein Reißbrett über den Kopf geschlagen hat. Meine Mutter hat allerdings immer gesagt, daß er vorher schon blöd war. Aber er war eben so wunderbar blond, darum hat der Großvater ihn auch immer wieder als Engel verwendet. Das ist, finde ich, eine Art ausgleichender Gerechtigkeit, daß der arme Narr, der damals eben als ganz junger Mann gestorben ist, heut noch immer in so vielen

Salzburger Kirchen als wunderschöner Engel sanft und gegenwärtig lächelt, während so viele g'scheitere Vorfahren heute schon vollkommen vergessen sind. Insofern hat Unsterblichkeit eben doch auch mit Diözesangrenzen zu tun, denn von Ried im Innkreis bis nach Rattenberg bei Innsbruck reichte die Diözese des damaligen Fürsterzbischofs Rieder, und der war ein Freund vom Großvater, und deswegen ist kaum eine der alten gotischen Kirchen in Oberösterreich, Salzburg und Tirol von unserem schönen, aber blöden Onkel als neugotischem Engel verschont geblieben."

„Guten Appetit, Vater."

„Aber da mein Sohn fürchtet, daß ich Sie mit meinem Familiendiskurs langweile, und weil ich sicher bin, daß meine Frau wie immer die Fasanen exzellent zubereitet hat, möcht' ich Sie doch jetzt ohne weitere Höflichkeiten zu Tisch bitten."

„Aber Rudi hat mir doch auch was von gemalten Ostergräbern erzählt, die man am Auferstehungstag bewegen konnte", sagte Gotthard, der immer, wenn er auf dem Land war, eine ehrliche Verbundenheit mit allen alten Volksbräuchen verspürte. Während der Hausherr sofort bereitwilligst seine Geschichten von den alten Salzburger Osterbräuchen auf dem Dürrnberg erzählte, hörte man vom anderen Ende des Tisches den Baron Schwarzenau sagen: „Erstens sind alle Sozialisten eine Bagage, zweitens ist mein Verwalter ein spezieller Filou, drittens fahrt er jetzt akkurat ein immer größeres Auto mit meinem Benzin, folglich viertens, alle Sozialisten gehören am besten gleich entlassen. Aus. Ende. Schluß mit dem Ärger. Verdammt viel Wahrheit in dem alten Spruch. So hat's bei den Tschechen ja auch ang'fangen, erst sind sie halt so rein in unsere Häuser in Fratting und in Ranzern, dann ham s' es offiziell besetzt, und dann ham s' Zigeuner reing'steckt, und wie schaun s' jetzt aus? Desolat. Für das Geburtshaus meiner Mutter in Fratting drüben könnt' ich mich echt genieren, desolat, vollkommen desolat."

„Nehmen Sie doch bitte", unterbrach ihn der alte Thaya, „von dem Fasan, Baron, ich weiß doch, wie Sie ihn schätzen auf diese Art."

„Römertopf, das ist wahr, das ist Kultur, vivat die Hausfrau, überhaupt die Römer", sagte der Baron und hob sein Glas auf die Hausfrau und die Römer.

„Semper fidelis", ergänzte Gotthard und wandte sich dann an seinen Nachbarn, dem er bisher fast wortlos zugehört hatte: „Kennen Sie eigentlich auch die heutige Tschechoslowakei, Herr Doktor?"

„Gleich nach dem Krieg war ich viel dort, und achtundsechzig dann wieder", sagte der Doktor Müller. „Sie wissen vielleicht, daß ja auch das berühmte Kloster Strahov am Hradschin ein Chorherrenstift ist, ja unser Stift ist vor achthundert Jahren gar nicht von Bayern herüber besiedelt worden, sondern von Seelau aus, also von Böhmen herunter. Und so haben wir uns auch immer gefühlt."

„Wie steht's denn heute mit den Chorherren in Strahov drüben", fragte Gotthard weiter und freute sich ehrlich, daß er hier mitten im Urwald eine so verwandte Seele gefunden hatte, „haben Sie noch Verbindung?"

„Die gibt's nicht mehr. Das Kloster Strahov ist heute das tschechische Literaturmuseum. Wir wissen nicht einmal, ob dort das Grab des heiligen Norbert, der, wie Sie vielleicht wissen, der Gründer unseres Ordens ist, heute noch vorhanden ist. Manches ist ja leider tatsächlich unwiederbringlich zerstört worden."

„Absichtlich ruiniert", sagte da der Baron Schwarzenau, „desolat, sag' ich ja, und hier werden sie's nicht viel anders machen. Wartet's ab."

„Aber die Herren Marxisten da drüben", sagte der alte Thaya plötzlich, „die sind auch nicht mehr das, was sie waren, meiner Meinung nach haben die Herren Genossen Direktoren dort alle es schon längst aufgegeben, ihre Arbeiter noch jemals zum wirklichen Marxismus zu bekehren."

„Ja, ja", sagte der Baron Schwarzenau, „die kracht schon in allen Fugen, die marxistische Tintenburg da drüben, nur hört das niemand hier, im Gegenteil, unsere Herren Politiker versuchen noch krampfhaft, alle Sprünge und Ritzen mit Goldbarren zu stopfen, aber was hilft's? Nix."

„Quousque tandem", sagte nun auch der dicke Gotthard, „diese Art Politik wird man sich in Zukunft noch einmal sehr überlegen müssen."

„Aber Vater", sagte da der Sohn, „das sind doch alles nur Wunschträume."

„Nein, nein! Wenn die erst echte Arbeitervertreter haben, in einem Jahr oder zwei", sagte der Alte, „dann ist das alles gelaufen. Die geben dann nie mehr auf. Und ich auch nicht. Die Hoffnung nämlich, daß auch unsere Grenz' hier nicht bleibt, wie sie jetzt ist, denn so eine Grenz' mit Schußturm und Schockdraht, das ist doch einfach unnatürlich, mitten in Europa, wirklich, so eine Grenz' ist ekelhaft, lächerlich und inhuman, so etwas kann sich doch in unserer Landschaft da nicht halten auf ewig."

„Wird sich auch nicht", sagte da plötzlich Rado, der große Schweiger, der bisher nur schnell und viel getrunken hatte, „weil wird auch hier kommen die Revolution, und dann ist Grenze am Rhein oder gleich am Atlantik. Sie sollten sich da wirklich nicht in Ihre Hoffnungen verirren, daß das alles schon vorbei ist da driben, fir sehr viele Laite dort ist haite Marxismus-Leninismus, was fir viele hier friher war die Religion, also etwas sehr Großes und etwas sehr Heiliges. Und ist eigentlich auch noch viel besser als jede Religion, weil ist ja so einfach zu begreifen, ja, in diese Denksystem kann jeder Filosof sein, da weiß jeder ganz genau, wie Welt sich weiterentwickeln wird, und warum, da ist alles festgelegt, da gibt's schon Abschließendes niedergeschrieben und iberall zu kaufen, alles nachlesbar, bitte, und auch ich, jawohl, wenn ich Sie alle hier betrachte, da fallt mir auch wie Schuppen von den Augen, weil jeder von Ihnen ist zum Beispiel personifiziertes Trägheitsgesetz. Obwohl jeder glaubt, er sei sehr unabhängiges, ganz und gar sich nur selbst bestimmendes Individuum, so wird doch jeder von Ihnen bestimmt von allgemeinen Entwicklungen, und wird letztendlich weggeschwemmt werden vom großen Strom der Revolution, Klassenkampf wird auch hierher kommen, langsam vielleicht, schleichend, iber Schulgesetz und Staiergesetz und Erbschaftsgesetz, und wer da einmal A sagt, der wird auch bei Gelegenheit B sagen, und pletzlich wird er Hauptgesetz der Ethik des naien Glaubens intus haben, welches da lautet, gut ist ausschließlich das, was die Interessen der

Mehrheit ferdert. Das ist einzige Moral bitteschen, was der Rede wert ist, hoch lebe der internationale Sozialismus."

Da stand der Baron Schwarzenau auf und goß dem Gast aus dem Südosten mit einer schnellen Bewegung seinen Wein ins Gesicht. In der plötzlichen Stille fuhr der sich aber nur ruhig mit dem Handrücken über die Nase.

„Sehen Sie", sagte er dann, „Sie alle kommen mir vor wie Stan Laurel, der immer noch im Schitzengraben sitzt und auf Flugzaige schießt, obwohl der Weltkrieg zwanzig Jahre vorbei ist, bloß, weil man ihn vom Waffenstillstand nicht verständigt hat. Das ist Urbild von Reaktionär, wenn einer, der im Krieg Bomber beschossen hat, im Frieden Verkehrsmaschinen beschießt, weil niemand ihm gesagt hat, daß Zeit sich geändert hat, und Flugzaige erst recht."

Rudolf stand auf und versuchte, seinen Freund zu beruhigen, aber Rado wollte nun nicht mehr, und „ich danke fir Ihre Aufmerksamkeit", sagte er, „und ich entschuldige mich auch fir mein Herkommen, letzteres sogar in doppelter Bedaitung". Schwankend stand er auf und gab bekannt, er hätte sich das alles da heroben verdammt anders vorgestellt, sonst wäre er nämlich gar nicht erst mitgefahren. Und alles sei hier nicht nur auf der Landkarte, sondern mit vollem Recht überhaupt am Ende. Völlig sinnlos, hochachtungsvoll, pemte maiko, gute Nacht, Genossen. Sagte das und ging.

Alle waren nun etwas verlegen.

„Was hat der Tschusch denn eigentlich für einen Beruf", fragte der Schwarzenau endlich.

„Er ist ausgebildeter Maurer", sagte Rudi.

„Heißt das, daß die da unten den Aufbau des Sozialismus schon so erfolgreich abgeschlossen haben, daß jetzt alle Jugos bei uns heroben Arbeit suchen?"

„Eigentlich will er Theater machen, Theater in Hinterhöfen und Fabriken, für Arbeiter und ganz einfache Leut'."

„Ach so", sagte da der Schwarzenau, „Proletarier aller Länder, vereinigt euch, Treffpunkt Mexikoplatz und Südbahnhof!"

„Rado ist kein Prolet. Sein Vater war Kaufmann in Skoplje."

„Ach, drum tragt er die Nasn so hoch", sagte der Schwarzenau.

„Wenn einem das Leben lang das Wasser bis zum Kinn gestanden ist, was bleibt einem denn dann", sagte Rudi, „aber ernsthaft, Rado fragte mich vorhin im Auto, was der Unterschied ist zwischen dem Sozialismus und allem anderen."

„Na und?" fragte der Schwarzenau.

„Alles andere ist leichter", sagte Rudi.

„Ja, aber trotzdem", sagte der Schwarzenau, „mancher von denen tut schon, während er noch die Asche seiner Opfer sich aufs Haupt streut, so, als wär' alles schon wieder in Ordnung."

„Bitte", sagte da der alte Thaya, „da er nicht mehr da ist, kann er sich ja nicht wehren, und da er außerdem mein Gast ist, bitte ich, unseren Freund aus Skoplje in meinem Haus nicht weiter anzugreifen."

„Apropos Partisan und sich wehren", sagte da der stiernackige Gotthard, „glauben Sie, Herr Thaya, daß alle diese Bauern hier, die ihre Gewehre im Schrank haben, und die, wie Sie vorhin gesagt haben, in der Jägerschaft, im Kameradschaftsbund, in der Dorffeuerwehr und in anderen Vereinen organisiert sind, daß die quasi via facti immer noch eine mittelalterliche Militärgrenze bilden und wirklich schießen, wenn die Panzer, statt drüben ihre Runden zu drehen, plötzlich einmal hier herüberkommen?“

Niemand antwortete.

„Rudi hat mir nämlich erzählt, wenn drüben Manöver sind, zittert hier herüben der Boden. Wenn also in Berlin oder Budapest geschossen wird, dann spüren das die Bauern hier. Haben die nicht Angst? Geht keiner da weg?“

„O ja, schon, viele gehen weg“, sagte der alte Thaya, „in den letzten Jahren ging jeder dritte im Dorf, aber wohl keiner aus Angst vor den Tschechen, wohl nur wegen dem Geld. Großstadt. Abenteuer. Wollen alle Taxler werden in Schwechat und am Westbahnhof in Wien. Aber ob die da schießen würden? Sicher wohl, solange es um die Felder hier geht und um eine Besetzung der Höfe da, wenn die Front aber erst an der Enns ist oder gleich im Schwarzwald und am Rhein entlang, da wär’ ich mir dann nicht mehr ganz so sicher.“

„Und wofür? Für die rotweißrote Fahne? Fürs Parlament in Wien?“

Nach einer längeren Pause sagte der Hausherr: „Ich hol’ noch einen Rosé herauf, nicht wahr, und Sie sollten vielleicht mitgehen, die Kellergewölbe sind die größten Sehenswürdigkeiten in dem alten Kasten hier.“ Er stand auf. „Und was das Schießen angeht“, sagte er, „ich glaub’, unsre Bauern da haben doch die Grenz’ im Blut, die haben sie seit tausend Jahren gegen die andern hinterm Wald verteidigt, das vergißt man nicht so schnell. Die haben auch fünfundvierzig hier geschossen, aber nicht wegen irgendeiner Regierung in Wien, sondern weil sie keine Behm ham wern wollen, das ist es, der Instinkt der Grenze. Wohingegen Wien hat ja, bis auf die Türken, noch jede fremde Armee jubelnd empfangen, oder?"

„Wir alten Deutschtümler", sagte der Schwarzenau, „ja, ich weiß, man soll das nicht so sagen, aber es ist doch so, also bitte, ja, vielleicht rennen ein paar, wenn der Russ' kommt, mit nasse Hosen wieder Richtung Salzburg, aber die ganze Gschicht wird doch von Jahr zu Jahr unwahrscheinlicher, wir Deutschtümler fragen heutzutag schon sehr ernsthaft, ob wir unserem slawischen Nachbarvolk nicht noch ganz anders helfen sollten. Das fangt doch wirklich alles dort zum Zamkrachen an, und da fragen wir uns, wie viele kommen denn dann mit hinüber, wann's losgeht, wer packt denn da an? Ich sage euch, es wird eine Volksbewegung geben, denn wenn der Eiserne Vorhang hochgeht, dann werden alle, da und drüben, bravo schrein und klatschen wie in der Oper!"

„Ach, lieber Freund und Nachbar", sagte da der alte Thaya, „sich die allerschönsten Luftschlösser bauen, das ist noch nicht gefährlich, aber wenn man dann wirklich hineingaloppieren will, dann fallt man oft in die fürchterlichsten Schluchten."

Lachend gingen sie hinaus.

„Ja, aber wie denn", sagte da der Bauer Kienast in die plötzliche Stille, „afoch wegnehmen ließat ma uns des olles von die do drüben sicha net."

Das war der erste Satz, den er an diesem Abend

gesagt hatte. Und es blieb auch der einzige. Kienast stand nämlich ruckartig auf, und da niemand etwas darauf sagte, verbeugte er sich stumm, schlug abrupt die Absätze der schweren Schuhe aneinander und ging, weil er ja noch ein Kalb erwartete heute nacht. Auch daß eins seiner Kinder hohes Fieber hatte, sagte er nicht, er sah nur von der Tür noch einmal rotgesichtig zu den andern, aber da keiner ihm nachgesehen hatte, öffnete er leise die Tür und schloß sie fast unhörbar von außen.

Einige Tage danach war das Kind zwar wieder gesund, das Kalb aber war gerade in dem Moment, als er heimgekommen war in den Stall, ohne daß der Bauer Kienast einen Grund hatte feststellen können, tot zur Welt gekommen. Seine Frau hatte dann lange geweint. Wohl auch wegen der Anstrengung. Aber er konnte sie schließlich doch trösten. Auch weil's der Kuh selber bald schon wieder besser ging.

„Die is ibern Berg“, sagte er und erzählte ihr, daß es denen da drüben so schlecht gehe, daß die demnächst die Grenzen wieder öffnen würden, und dann könne man wieder zu Fuß nach Pisling am Sonntag in die Kirche gehen wie früher, und dann berichtete er ihr vom Thaya-Rudi und seinen Freunden aus der Stadt, und dann, was er halt sonst noch so alles gehört hatte.

So viel wie in dieser Nacht hatte der Bauer Kienast sein ganzes Leben noch nicht geredet. Und da es mittlerweile fünf vorbei war, ging er gleich wieder in den Stall und fütterte fröhlich seine Viecher. Und auch denen erzählte er weiter von allerlei Grenzen, und daß man da aber auch drüber weg könne, „ma miaßat des nur anpackn“.

Auch das hatte der Kienast gut verstanden, daß dieser Gotthard, der immer so lateinisch redete, mit dem Thaya-Rudi da herausgefahren war, um sich hier genauer umzuschauen, weil er sich da an der Grenze ankaufen wollte, weit weg von all den Autobahnen und Kinos und all dem anderen Fremdenverkehr, und das fand der Kienast doch erstaunlich, daß neuerdings nicht mehr nur alle in die Stadt wollten, sondern die Stadtleut' auch aufs Land heraus. Friedlich kauten die Kühe, und warm war der Stall. Klatschend fielen die Fladen, die der Kienastsche Stiefel samt dem jeweiligen Stroh rasch in die Mistrinne schob.

Während Kienast also auf dem Heimweg nach Ziernreith war, führte der alte Thaya seine Gäste in den Hof, wo unter dem Nußbaum eine einfache Stallaterne hing und man bequem so sitzen konnte, daß man einerseits das Haus und den großen Mond über den Jasminbüschen sehen konnte, der fast rot und ganz oval aus dem Dunst hochgestiegen war, oder aber auch die dunklere Himmelsseite sich ansehen konnte, mit dem ruhigen Kirchturm und den nachtdunklen Lärchen über der Friedhofsmauer.

„Also mir wär' hier in Vollmondnächten schon unheimlich, wenn ich allein hier wär'", sagte die Baronin zu Rudi, „so nah bei den Toten."

„Erstens ist erst morgen Vollmond, gnädige Frau", sagte Rudi, „und zweitens sind die Toten, die auf Friedhöfen bestattet worden sind, bekanntlich im Himmel oder höchstens im Fegefeuer, und weder dort noch da kriegen s' Urlaub zum Geistern."

„Ach, Sie reden wie einer, der immer nur in der Stadt wohnt. Dort sind wohl mittlerweile alle Flurgeister und Quellenkobolde vollständig ausgerottet worden."

„Hier doch auch. Die chemischen Düngemittel erhalten nur die jeweilige Nutzfrucht."

Da sich die Augen mittlerweile an die Dunkelheit gewöhnt hatten, konnte man plötzlich überall über dem Rasen, über den schmalen Pflaumenbäumen und über der Mauer kleine Leuchtkäfer zickzack hin und her fliegen sehen.

„Die Leut' sagen, das Pelzweibel ist die Totenhex' und die Johanneskäfer sind die armen Seelen. Wo zwei sich kreuzen, da stirbt einer."

Der Hausherr, der dicke Gotthard und der laut diskutierende Baron brachten neuen Rosé aus dem Keller und entstaubten die Flaschen. Die Baronin sah, wie zwei Leuchtkäferln grad über dem alten Thaya immer und immer wieder ein Kreuz flogen, aber weil sie wirklich nicht abergläubisch sein wollte, sagte sie nur: „Sie wissen ja gar nicht, Rudolf, wie dankbar ich Ihnen bin, daß Sie wieder einmal zu uns heraufgekommen sind. In unsere Einsamkeit. Da gibt's ja sonst einfach gar nix. Jetzt hamma ja das Schloß auch fertig renoviert, aber was is jetzt? Jetzt sitz' ich halt Abend für Abend drin und schau' raus in den Regen. Hat ja sehr viel geregnet in dem Jahr. Gut für die Ernte. Aber die hat mich noch nie sehr interessiert. Auch wenn's einmal weniger is, dann is es immer noch mehr als genug. Höchstens fernsehn kann ich. Aber da wird man auch nur älter dabei, ohne daß was passiert. Nicht daß ich um alles in der Welt auf irgendwelche Abenteuer aus wär', das nicht, mit wem auch da heroben, ich bin nämlich auch aus Wien, und den Herrn da", sie deutete mit ihrer Zigarette auf den Baron, „hab' ich eigentlich geheiratet, weil mir sein Vater so gefallen hat. Aber das soll man halt nicht, den Sohn heiraten, wenn einem der Vater gfallt."

„Ja der alte Baron Schwarzenau", sagte da der Doktor Müller aus dem Dunkel, „der war schon ein beeindruckender Mann. Ein Gutsherr der alten Art, Politiker, Heimatforscher, der erste Direktor einer Ackerbauschule hier heroben, auf seinem eigenen Grund hat er die errichtet, ja, der hat so lange gesagt, was er gedacht, und getan, was er für richtig hielt, bis sie ihn erschossen haben im KZ. Ein Satz, eine Warnung, noch ein Satz, Schuß, aus. Der Erzherzog Otto ist übrigens heute noch Ehrenbürger in seinem Dorf da."

„Bei uns", fragte die Baronin, „der Otto? Ja, das weiß ich doch gar nicht!"

„Im Nachbardorf wiederum", sagte der Doktor Müller, „eine Handvoll Kilometer über die Felder, da ist es heute noch der Herr Hitler. Das weiß zwar auch nur noch die Pfarrchronik, aber die Ehrenbürgerschaft von damals wurde nie rückgängig gemacht. Warum auch. Haben ja eh alle alles verdrängt und vergessen."

„Apropos Pfarrchronik", sagte da der alte Thaya, „hier unter der Nikolauskirche sind Reste von gewaltigen heidnischen Hünengräbern, und gerade wo Sie jetzt sitzen, liebe Gäste, soll ein Heiligtum des Wotan gestanden haben. Das ist der Wintergott auf dem weißen Schimmel, mit dem silbernen Mantel und dem langen, eisgrauen Bart, der liebevoll mit seinem Schneemantel die junge Wintersaat deckt und schützt, ja, der alte Wotan, der

Freund der Kinder und der Bauern, hatte hier seinen Opferplatz."

„Wie weise von unserer Mutter Kirche", warf da der Doktor Müller ein, „daß wir die Geschäftsstelle des alten Wotan gleich mit dem alten Nikolaus besetzt haben, denn der hat auch einen weißen Bart, reitet auch auf einem Schimmel und ist auch ein Kinderfreund."

„Das ist ganz richtig", sagte der alte Thaya, „ein neuer Eigentümer, aber dasselbe Lokal. Die Kundschaft blieb ja ohnedies dieselbe. Aber Ihre Kirche, Herr Pfarrer, ging in ihrem Propagandafeldzug vor tausend Jahren dann sogar so weit, daß sie dem christlichen Helden Nikolaus den überwundenen, heidnischen Gegner Wotan in Ketten und in Gestalt des armen Dieners Krampus gleich zur Seite stellte. Da konnten nun alle sehen, daß dem alten Wotan nun in den strahlenden christlichen Zeiten von seinem schönen heidnischen Schimmel nur mehr ein Pferdefuß verblieben war und von seinen ehedem so herrisch geschleuderten Blitzen nur noch die lange rote Krampuszunge."

„Und das Pelzweibl, das hier geistern soll, wie uns die Baronin vorhin erzählte, das gehört sicher auch zur Familie", sagte der dicke Gotthard und dachte, „schau, schau, die verfluchten Nazigeschichten leben da heroben also doch immer noch."

„Natürlich gehört das Pelzweibel dazu, sehr familiär sogar", sagte der alte Thaya und füllte sich wieder sein Glas mit dem etwas zu kühlen Rosé. „Ich sollte ihn wirklich nicht so kalt trinken", dachte er noch, sagte dann aber: „Aus dem Wotan wurde der Krampus, und aus der Göttermutter Perchta machten sie das Zerrbild der Schirchperchten, die auch so einen häßlichen Pelz bekam wie der Krampus und seitdem im Volksmund das Pelzweibel heißt."

„Also doch", sagte die Baronin und sah den jungen Thaya bedeutungsvoll an. Der nickte und dachte, „sonderbar, daß oft gerade schöne Frauen so demonstrativ unglücklich sind".

„Blödsinn, nie was gehört", sagte dahingegen der breitmäulige Schwarzenau und klopfte seine Pfeife an einem Ast des Nußbaums aus, „aber da ich morgen schon sehr früh mit dem Verwalter und den anderen Ferkeln nach Raabs muß, erlaube ich mir jetzt, leider unhöflich sein zu müssen und mich zu verabschieden."

Alle verstanden das als Zeichen zum Aufbruch und daß der Vergleich des Verwalters mit einem Ferkel als kleiner Witz gemeint gewesen war. Wenigstens seine Frau, die den Witz ja schon gut kannte, lächelte sanft darüber, auch weil sie wußte, daß ein gewisses Lächeln ihr immer gut stand. Nur derb lachen durfte sie wegen ihrer großen Nase klarerweise nicht, aber ein gewisses Lächeln machte sich immer gut, bei jeder Beleuchtung und schon gar unter einem sommerlichen Nußbaum.

„Die Linden sind heuer auch sehr spät, eigentlich müßten die Linden vom Friedhof da herüberduften", sagte sie und lehnte sich beim Auto sanft an Rudis Schulter, „und dann vergessen S' uns halt nicht ganz da heroben, uns und das Pelzweibel."

Rechts war jetzt das Roggenfeld, links das Auto, hinter ihnen war der üppige Jasminbusch, und dahinter erst kamen alle andern langsam näher.

„Jetzt mach doch endlich was", dachte sie. Er aber

dachte an ganz was anderes, demgemäß sagte er auch irgend etwas Allgemeines wie „zauberhafter Abend“ und noch ein paar so unsinnige und zeitraubende Phrasen, aber herrjemine, ehe jetzt noch irgend etwas Spannendes passieren konnte, kamen schon die andern. Damit war’s aber für diesen Abend schlagartig aus bei ihr. „Aff’, blöder“, dachte sie, und knallte die Wagentür zu.

Rudolf hatte nun doch noch bemerkt, daß er hier ein zartes Angebot übersehen hatte, aber jetzt war’s ja wohl zu spät.

„Also kommen S’ uns bald besuchen“, sagte ihm dazu noch breitmäulig der dicke Schwarzenau in völliger Unkenntnis der diffizilen, erotischen Sachlage, „weil unser Karpfenteich ist nämlich auch keine Drecklacken, und unser Weinkeller ist auch kein Mauseloch nicht, da kann man sich schon ganz schön ansaufen bei sechs Tag’ Regenwetter.“ Plumpsend versank der Baron auf der anderen Seite in seinem Rover und wollte elegant wegkurven. Es ging aber nicht.

Rudolf hatte sich schon im Wegdrehen gedacht, Überladung des Magens mit Wein und mit Speis ist eklige Roheit und Gemeinheitsbeweis, mußte aber dann doch noch mit seinem alten Vater und dem Doktor Müller den baronischen Kübel so lange schieben, bis der vorne an der Kurve von selbst den Hohlweg zum Fluß hinunterrollen konnte.

Ein durchs Autofenster gehauchter Kuß der schönen Fiffi Schwarzenau war sein Lohn. Ihm zulächelnd verschwand sie huldvoll in der Finsternis.

Am Morgen ging Rudolf am Nußbaum und am alten Brunnenhaus vorbei und trat durch eine kleine Pforte in der hinteren Mauer in den Obstgarten. Die „besonderen Sehenswürdigkeiten" hier waren wie eh und je mehrere Reihen sehr ordentlich geschnittener Ribiselbüsche und eine altmodische, rote Glaskugel auf einem schulterhohen Holzstock.

Zu Ostern konnte man hier Schneerosen und Schlehdorn blühen sehen, zu Pfingsten Vergißmeinnicht, Ende Juni Pfingstrosen und im Sommer, jetzt also, Königskerzen und einen Buschen Heckenrosen. Am schönsten war es hier im Obstgarten immer zu Pfingsten gewesen: unten ein blaues Feld Vergißmeinnicht, oben ein weißroter Himmel von Apfelblüten und darüber im Pfingstsonntagsblau der gelbe Kirchturm mit dem alten Kreuz als Blitzableiter.

„Ja, schön is es da, besonders am Morgen, aber da es heute recht heiß werden wird, sollten wir schaun, daß wir mit unserem Besichtigungsprogramm nicht zu sehr in die größte Hitz' hineinkommen", sagte der Vater, und dann sagte er plötzlich, „außerdem wollt' ich dich fragen, wann wir einmal in Ruhe drüber reden können, ab wann du ganz herausziehst, und ..."

„Ach, Vater", sagte der Sohn, „mach dir da bloß nicht zu viel Illusionen."

Pause.

Der Vater hatte Erdbeeren für den Frühstückstisch gesammelt, begann sie jetzt aber gedankenverloren selbst zu essen.

„Du willst gar nicht mehr heraus?" fragte er dann.

„Du, ja, vielleicht, aber daß ich's nicht vergess',

ich werde demnächst heiraten. Nur ob es die Mutter sein wird oder die Tochter, darüber bin ich mir noch nicht ganz klar."

„Also doch", sagte der Vater und stolperte fast durch die Pforte.

„Paß auf die Schüssel auf, Vater", sagte der Sohn und begrüßte den dicken Gotthard, der vom Friedhof kam und, wie man an seinen Wanderschuhen sah, sichtlich versucht hatte, hier irgendwo eine Morgenmesse zu besuchen.

Der alte Thaya sah seinem Sohn bei dieser Begrüßung zu, und zum ersten Mal wurde ihm bewußt, wie schwer er sich eigentlich tat, mit seinem eigenen Sohn etwas halbwegs Ernsthaftes zu besprechen. Er konnte zwar über Gott und die Welt mit ihm reden, der Sohn blieb immer liebenswert, aber blieb doch auch immer vollkommen unnahbar. Der Sohn hatte wohl immer schon, sein ganzes Leben lang, Distanz zum Vater gesucht, und jetzt, wo der Vater schon fast ein Greis war, jetzt hatte er sie letztendlich wohl wirklich gefunden. Ohne verletzend zu sein, entzog er sich jeder direkten Auseinandersetzung. War also gerade sein eigener Sohn tatsächlich einer von den Söhnen, die alle gutgemeinten Ratschläge ihrer Väter eigentlich gar nicht hören wollten? – Der alte Thaya merkte plötzlich, daß er alter Esel sich wohl schon jahrelang um diese Erkenntnis herumgedrückt hatte, war das denn wirklich möglich, daß auch nach seinem Tod sein Sohn den alten Kasten hier gar nicht würde beziehen wollen?

Ein starker Schmerz beengte den Alten.

Die Erdbeerschale, die er auf den Frühstückstisch

stellte, war mittlerweile leer, ohne daß er das bemerkte.

Aber der Sohn hatte ja doch etwas von einer Frau gesagt. Endlich. Gut. Mit der mußte er reden.

Gefrühstückt wurde unter den Zwetschkenbäumen, wo die Sonne schon am frühen Morgen recht wärmte. Die weißen Gartenmöbel und das blaue Tischtuch, die frischen Semmeln aus dem Dorf, der Honig des dem Hause sehr verbundenen Dorfimkers Neunteufel, die Marmeladen aus den eigenen Himbeeren, Ribiseln und Schwarzbeeren vom Vorjahr, der heiße Kaffee, kurz alles trug zu dem allgemeinen Wohlgefühl bei, und nichts war so schön auf dem Niklasberg wie ein frischfrühes, sommerliches Sonnenfrühstück. Während der ganzen honigtropfenden Schmauserei war es auch zu keiner größeren Streiterei gekommen, weil alle vollauf mit ihrem morgendlichen Wohlsein beschäftigt waren.

Der Sohn hatte längere Zeit heimlich dem Vater zugesehen, wie der sein Ei sorgsam aufgeschlagen und mit Hilfe einer Semmelspitze ausgetunkt hatte. Der Vater hinwiederum versuchte sich die erotischen Irrungen und Wirrungen seines Sohnes vorzustellen, beziehungsweise, er überlegte, welche Ratschläge er dem Jüngeren wohl würde mitgeben können, wenn der überhaupt noch welche von ihm wollte.

Also drehte er vorerst einmal das leere Ei um und schlug es mit einem einzigen Löffelhieb platt, so wie er das früher getan hatte, als der Sohn noch klein gewesen war.

Da lachte der Sohn, und der Vater sah ihn an, und

beide wußten, wie das früher doch alles einfach gewesen war, und wollten eigentlich beide noch etwas von der Einfachheit herüberretten in den Sommer, und da sagte der Sohn: „Ich ruf' dich an, wenn ich was weiß". Und der Vater sagte: „Die ganze Scheidungseuphorie teile ich nämlich gar nicht".

„Ich höre Euphorie", sagte Oberlehrer Kurz, „und schon bin ich da, gestatten, meine Herrschaften, guten Morgen, meine Herrschaften, Oberlehrer Kurz zwecks Kirchenführung ergebenst eingetroffen."

Kaum war er mit einer knappen Verbeugung, seinen kurzen Sommerhosen und seinen sehr sommerlich geschnittenen Haaren durchs Hoftor hereingekommen, konnte Gotthard ihn schon nicht leiden. Seine Christussandalen, sein hellblaues Offiziershemd mit Brusttaschen und Achselklappen und seine dunklen Sonnenbrillen widersprachen auffallend dem Bild von ländlich und sittlich, das hier heroben zu finden Gotthard sich nun einmal fix vorgenommen hatte.

„Sehen Sie hier bitte", ehrerbietig näherte sich Kurz dem alten Herrn Thaya, „wenn ich mir erlauben darf, das Frühstück einen Moment zu stören, es handelt sich allerdings um Funde eminenter Wichtigkeit, heute früh Anruf aus dem Institut, von Professor, Sie wissen, der das Buch, welches wir, sein Assistent persönlich, bitte hier, aus unserem Ziernreith, neuntes Jahrhundert."

Jetzt hatte er's heraußen.

„Was?" fragte der dicke Gotthard und sah nur ein paar fingerlange graue Scherben.

„Slawisch, bitte hier, sogar bemalt, euphorisch, exorbitant."

„Das?“ fragte nun Gotthard nochmals.

„Ziernreith“, sagte Oberlehrer Kurz, „und habe ich auch schon heute morgen dem Obmann des Volksbildungsvereins davon Mitteilung gemacht. Bitte schön, hier, Wellenlinien, neuntes Jahrhundert.“

„Nicht doch vielleicht fränkisch“, fragte der alte Thaya und wischte mit einer Serviette das Ei von den Lippen, „über Nürnberg und Eger herunter?“

„Neuntes jedenfalls“, sagte Oberlehrer Kurz, „und sind schon heute morgen auch fotografiert worden, von mir persönlich, und habe ich auch schon telefoniert, daß Sackmann von den Nachrichten, der wird gegen eins hier sein, in situ, und wird als erster …“

„In situ“, unterbrach der dicke Gotthard, „wieso?“

„Neuntes Jahrhundert, müssen Sie wissen, das ist das Loch überhaupt hier, das ist nämlich vor den Bayern, die nämlich nur bis Gars den Kamp herauf, neuntes ist völliges Neuland hier heroben, großmährisches vielleicht, wir werden sehen, elftes, ja, die Urpfarre in Raabs um tausendachtzig, hier die Kirche dann, wenn ich bitten darf, elfachtundachtzig, aber eben nie neuntes, meine Herrschaften, neuntes bislang eben nie.“

„Pemte maiko“, dachte sich Rado, „is ja wirklich ein einziges Scheißmuseum hier.“ Aber er sagte wohlweislich nichts, lächelte nur die Zita an, die mit unschuldsweißer Schürze eine große Kanne mit frischem Kaffee brachte, und sie lächelte zurück, weil eh schon alle wußten, wohin Rado gestern nacht noch gegangen war.

„Prämonstratenserstil", sagte der immer leicht schwitzende Gotthard, als sie dann etwas später in der kleinen Kirche standen, und bewunderte vor allem den riesigen Kirchenschlüssel, den der alte Thaya ihm zeigte.

„Wappen, ja, aber viel später", sagte Oberlehrer Kurz nur knapp, „Wappen hier als gotischer Schlußstein im Presbyterium, wesentlich später als die romanische Apsis, aber immerhin, Prämonstratenser-Schachbrettwappen, rot und grün, überall hier in der Gegend."

„Prämonstratenserstil, ganz typisch in der Anlage", beharrte Gotthard, aber das hätte er nicht tun sollen.

„Stil speziell zu bezeichnen, nein, bitte sehr. Weil Professor Gutkas meinte zwar, konnte aber doch nicht exakt, wie auch Lechner, der ja schon tot sozusagen, beachten Sie aber die Fenster in der Apsis, elfachtundachtzig sozusagen, rechts das Dollfuß-Fenster vierunddreißig, übermalt achtunddreißig, fünfundvierzig zaghaft renoviert, aber doch nur sehr teilweise, und eigentlich doch dann wieder nicht so sehr. Restliche Kirchenfenster künstlerisch und zeitgeschichtlich vollkommen unbedeutend. Geyling. War noch einmal hier, der alte Herr, weil in Drosendorf auf Urlaub. Freundlich, aber unbedeutend. Pietà hier links aber zum Unterschied in jedem Kunstführer. Schönste Gotik, Sicherheitsanlage auf Kosten der Pfarrgemeinde. Hier der Babenberger Leopold. Leider der Dritte. Dem Fünften danken wir hier ja wesentlich mehr. Sieger gegen die Tschechen elfachtundsiebzig. Nach Jahren der Niederlagen und der Verzweiflung. Bis zur Donau runter war damals ja alles verloren. Leopold der Fünfte aber, sozusagen der Sieger in der Not, Festschreibung der Grenze, Barbarossa, gesiegelt und verpickt, zehn Jahre danach erste Urkunde dieser Kirche."

Rado war mittlerweile schon draußen. Er hatte eine echte Abneigung gegen Leute, die mit einer endlosen Aneinanderreihung unbedeutender Details den großen Lauf der Welt erklären wollten.

Am Kriegerdenkmal stand ein vollkommen sauberer, komplett nadelloser Weihnachtsbaum an einen dickblättrigen Buchsbaum gelehnt, und hinterm Stein stand eine rote Plastikgießkanne. Der Kies war ohne Unkraut, und die ovalen Bilder der Soldaten waren ebenso sauber und optimistisch. Immer wieder dasselbe. Warum aber waren hier und überall immer nur die Toten der beiden letzten Kriege? Weil es vorher selbstverständlicher gewesen war, für den Gutsherrn und den Kaiser, für Gott und Vaterland zu sterben? Und weil es heute nicht mehr so selbstverständlich ist, deswegen brauchen sie jetzt wohl in jedem Dorf diese Ehrentafeln. Wenn jetzt wieder einmal Krieg ist, dann wissen sie wenigstens, wo sie hingehören. Auf die Ehrentafel. In Goldschnitt, marsch!

Denken sie so? Oder woran sonst werden sie denken beim nächsten vermaledeiten Krieg?

Rado jedenfalls dachte bald wieder an Zita, und es gelang ihm auch, sie in der Speisekammer zu erwischen, wo er sich eine halbe Stunde einschloß mit ihr. Anfangs quietschte sie so laut, daß die alte Frau Thaya, als sie im Gemüsegarten unter dem Speisekammerfenster vorbeikam, murmelte, wozu habe man denn all das Katzenvieh, wenn jedes Jahr immer noch mehr und mehr von diesem Mauszeug da herumlauft!

Es war dann doch bei der Besichtigung der Schule, die jetzt als Kindergarten verwendet wurde, und besonders beim Herumkriechen im Staub zwischen den alten Holztrichtern der biedermeierlichen Zachmühle so heiß geworden, daß alle Jüngeren kurz entschlossen in die Thaya sprangen und bis zum Wehr schwammen, über das schäumend das Wasser niederstürzte. Auch Rado war wieder dabei, aber das Wasser rauschte so laut, daß es niemand auffiel, daß er sich wieder mit niemandem unterhielt. Jeder hatte Zeit, für sich allein ein paar Minuten den Hochsommer zu beobachten und den strahlenden Mittag auf sich wirken zu lassen.

Rudi sah lange auf die sich so ruhig nähernden Blätter, die leicht auf der Wasseroberfläche lagen und doch unaufhaltsam aufs Wehr zugetrieben wurden – und dann plötzlich rasend hinunterstürzten.

So kam ihm auch seine ganze Geschichte mit dieser liebenswürdigen Franziska vor, das trieb schon alles auf ihn zu, und er wußte doch noch überhaupt nicht, ob er eigentlich wollte, aber auch wenn er da heraußen überall herumhorchte, sozusagen auf die Stimme der Natur, wie Oberlehrer Kurz das ausdrücken würde, dann hörte er in dem ewigen, treibenden Rauschen vom Wehr her auch immer nur ein und dasselbe Lied, und auch noch als er tief hinuntertauchte, um sich ganz am Boden des Flusses entlangtreiben zu lassen und um diesem mächtigen, immer gleichen, fordernden Rauschen da oben zu entkommen, ging ihm immer nur im Kopf herum: Meiner Seel, ist das ein fürchterlichs Gefühl, wenn man selber nicht weiß, was man will.

Das Essen danach auf dem Niklasberg war sommerlich leicht, der Abschied von den alten Herrschaften kurz, und als sie schon wieder im Auto saßen, sagte Gotthard: „Also sie, die Schwarzenauerin, hat mir gestern wesentlich besser gefallen als er."

„Mein Vater", sagte Rudi, „wollte euch halt etwas eingesessenen Adel bieten. Der Hoyos wär' besser gewesen, aber der war wohl nicht zu erreichen so schnell. Auch die Kinskys sind nicht übel, aber die kennt er nicht so gut."

„So Leut' wie der Baron sind jedenfalls der Tod der Partei", sagte Gotthard.

„Und wer ist die Hoffnung", fragte Rudi, „die paar Bauern? Der Kienast is' sicher nicht übel, aber in einer Demokratie braucht man Mehrheiten, und die Bauern wern immer weniger, und die Traktoren und Mähdrescher haben halt leider immer noch kein Stimmrecht."

„Es wird sicher nicht nur mit Leuten wie dem Kienast gehen, aber so Leut' wie der Baron sind der Tod der Partei", sagte Gotthard nochmals und sah dumpf brütend aus dem Fenster, sah Felder, einen kleinen Wald und sah drüber die kompakten, bauchigen Wolken nach Mähren rüberziehn.

„Morgen regnet's", sagte Rudi plötzlich und hielt lässig seinen Ellbogen im offenen Autofenster in den Fahrtwind, „und da rechts hinter der Kastanienallee ist der Wilhelmshof. G'hört auch dem Schwarzenau. Da zum Beispiel wählen alle sozialistisch, der Verwalter genauso wie die fünf Landarbeiter. Nur die Schaf' nicht. Haben jetzt übrigens wieder viele Schafe, aber nicht wegen der Wolle, sondern wegen dem Fleisch."

„Woran man sehen kann", sagte Gotthard, „wie viele Balkanesen es wieder gibt in Wien."

„Gute Fleisch", sagte Rado noch, und dann standen sie schon auf dem staubigen Innenplatz des riesigen Vierkanthofs. Niedriges Unkraut und rundherum niedere Wirtschaftsgebäude. Armselig. Landproletariat.

„Ab nach Wien", sagte Gotthard.

„Früher einmal wohnten hier die Herren von Wilhelmsdorf", sagte Rudi und fuhr durch die herrschaftliche Kastanienallee wieder hinauf auf die Straße, „das waren die, die den Markgrafen Přemysl Otakar, den späteren König, damals in der kaiserlosen, der schrecklichen Zeit, aus dem benachbarten Mähren als Herrn nach Österreich herübergebeten haben. Ja, da ist historischer Boden, von hier war's nie weit nach Prag und nach Brünn", sagte er und zeigte an der scharfen Rechtskurve auf die kleine Tafel vor ihnen mit dem gelben Löwen im roten Feld, „und da isser, der uralte böhmische Löwe, und rundherum steht in Tschechisch: Hier beginnt die Tschechoslowakische Sozialistische Republik."

„So nah?"

„Der Straßenrand da ist die Grenz', und hinter den Bäumen da gradaus is der Schußturm. Da steht eh einer heraußen, siehst ihn, und schaut uns an mit seinem Gucker."

„Trifft er uns?"

„Wenn er will, sicher.“

„Und wo sind Unsere?“

„Mitn Moped unterwegs wahrscheinlich. Alle Woch’n zweimal schaun Unsere immer, ob’s die Grenz’ tatsächlich noch gibt.“

„Und bei uns herüben is’ gar nix abgesperrt?“

„Nix. Drüben genügt. Kommt eh niemand durch seit achtundsechzig.“

„Bleib stehn! Da direkt an der Grenz’! Was machert der denn dann da drüben?“

„In der Nacht schießen s’ dann manchmal mit Leuchtkugeln.“

Als alter Grenzbewohner wußte Rudi nur zu gut, daß man sich da nicht spielt, und so blieb er nicht nur nicht stehen, sondern bemühte sich auch weiterhin, völlig unauffällig und vollkommen gleichmäßig zu fahren. Routinemäßig sozusagen. Er wußte nur zu gut, daß der am Turm drüben überm Feld ihn sehr genau in seinem Gucker hatte.

Das Schild „Achtung Staatsgrenze“ war aber bald in ihrem Rücken, und beim großen Kreuz war dann wieder auf beiden Seiten Österreich. Im Anblick des rettenden Herrn Jesus sagte Gotthard plötzlich: „Blöd, aber wahr, mir is jetzt direkt schlecht gwesn“.

„Getan hätten s’ uns schon nix.“

„Na aber Gwehr is Gwehr, wenn’s auf Menschen geht und nicht auf Reh.“

Pause.

Über Schaditz, Luden, Drosendorf fuhren die drei, ohne daß Rudi viel davon erzählte, an Quadenringen und abgekommenen Siedlungen aus der Hallstattzeit und der jüngeren Steinzeit vorüber, sahen Roggen und Hafer, sahen erst den hellgrünen Jungmais, später fast nur noch dunkelgrüne Kartoffelfelder, sahen die verschiedensten Kirchtürme und Silos, sprachen aber die ganze Zeit kaum etwas. Gotthard war in Gedanken noch an der Grenze, Rado schlief endlich den Schlaf des Übernächtigen, und Rudi dachte schon an Franziska.

Allmählich fuhr er immer schneller.

„Alles hat seine Grenzen“, sagte Gotthard plötzlich, „das ist richtig, aber wo sieht man sie schon so klar wie bei euch am Niklasberg.“

Blick auf Wien

Der alte Thaya hatte ihnen lange nachgesehen. Erst als die Staubschlange sich wieder zwischen den Ziernreither Feldern verkrochen hatte und der Sandweg wieder still lag wie auch sonst den ganzen Tag, hatte ihn seine Frau zum Telefon gerufen.

Der unsägliche Schwarzenau, einer von denen, die halb Europa vor vierzig Jahren in Schutt und Asche gelegt hatten, erregte sich wild darüber, daß er gerade im Radio gehört hatte, in Wien hätten Jugendliche in der Innenstadt ein paar Geschäftsauslagen eingeschlagen. Ob Rudi und die beiden andern „Halbstarken“ da vielleicht dabeigewesen wären. Dem langen Spion wär’ das doch sicher zuzutrauen. Aber wo käm’ man denn da hin, wenn jeder so einfach zuschlagen könne zum eigenen Vergnügen.

Dem alten Thaya fiel ein, daß ihm der Neupauer einmal von Schwarzenaus „Abenteuern“ in Polen erzählt hatte, und jetzt erbebte derselbe also vor Selbstgerechtigkeit über ein paar Glassplitter bei einer Konditoreitür. Dieser ehemalige Panzerkommandant hatte wohl alle eigenen Splitter vollkommen verdrängt und begriff wohl überhaupt nicht, daß sich hier eine neue Generation auch ihr Abenteuer suchte, voll von Wut und allgemeiner Unzufriedenheit, voll Wirrköpfigkeit, Wahrheitsgier, aber doch auch voll von einem gewissen persönlichen Mut gegenüber der Polizei.

Die letzten fetten Jahre waren in diesem Land sehr ruhig dahingetrabt, nun schien sich der Karren aber zu drehen, und mit gestreckten Hufen sausten die Pferde direkt in die Auslagen. Die splitternden Gläser hinterm Stephansdom waren zwar noch nicht die Posaunen von Jericho, jedoch sicher so was wie die Telefonklingel bei der Feuerwehr, aber jetzt auf die jungen Leute einfach eindreschen zu wollen, das war wohl das Verkehrteste.

Der alte Thaya hatte aufgelegt. Diesem breitmäuligen Schwarzenau telefonisch etwas erklären zu wollen, war zu schwierig. Besser war's, ihm gleich zu sagen, er käme am nächsten Wochenende bei ihm vorbei. Auch dem war ja vor allem langweilig. Auch der wartete sehnlich darauf, daß die Russen endlich einmarschierten und dafür die Amis dann in Abadan landen konnten, damit endlich wieder etwas Großes passieren tät', Moskaus weltweiter Zusammenbruch zum Beispiel, da wär' was los, endlich wieder Splitter in der Luft, wie damals in den vierziger Jahren, das waren noch heroische Aufregungen damals gewesen, Sondermeldungen, Fortschritte allüberall, danach sehnte sich dieses alte Schlachtroß Schwarzenau wohl immer noch, und wenn er auch irgendwo nur Fensterscheiben klirren hörte, dann fing er schon zu scharren an, und die alten Kampfinstinkte wurden wieder wach. Die ganze Quälerei mit dem Milchgroschen und die Misere mit der Mehrwertsteuer wär' mit einem Schlag dahin, der Rausch der Begeisterung wär' wieder da, nur raus mußte man aus dem morastigen Schloßteich und „nach Oooosten, nach Oooosten, nach Osten reiten wir".

Der alte Thaya hatte sich dann in Ruhe die nächsten Nachrichten angehört. Um sechs Uhr wurde ausführlicher berichtet. „Fein, fein, Terror muß sein“, hatten die jungen Leute tatsächlich in Wien auf den Straßen gebrüllt. Mit blinder Begeisterung waren die offensichtlich direkt gegen die Polizei gerannt, hatten Autos umgeschmissen und Blech verbeult.

Was hätte der alte Schwarzenau dabei wohl gebrüllt? Nichts wahrscheinlich. Der hätte bloß stumm mal reingeschossen. Auf die einen aus Heuchelei und schlechtem Gewissen, weil Splitter ohne höheren Befehl und höheren Zweck wohl Störung waren von Ruhe und Ordnung, auf die einen also würde er wohl geschossen haben, weil sie jung und übermütig waren, und auf die andern, weil die auch ohne Konzept herumstanden und sich die Dienstmützen vom Kopf reißen und in die Luft werfen ließen.

Dabei wär' er wohl endlich den „faden Geschmack des Alltags“ losgeworden. Vielleicht wär' er wirklich lockerer danach, hätte einiges von seiner Wut auf diese „Halbstarken“, wie man eine ähnliche Jugend vor zwanzig Jahren einmal genannt hatte, verloren durch dieses „Endlich-denen-eins-über-die-Rübe-Geben“.

Der alte Thaya setzte sich an seine Schreibkommode oben im Eckzimmer, über der seine alte Europa-Karte hing, und schrieb einen Brief.

„Mein lieber Sohn! Es war sehr schön für uns, daß Du hier gewesen bist. Leider konnte ich Dich nicht mehr zu all dem ermahnen, was mir durch den Kopf geht, nämlich erstens, daß Du Dich unbedingt aus all dem pubertären Barrikadenunsinn vollkommen heraushalten sollst – dazu fällt mir ein, früher haben an der Universität die Schlagenden wenigstens noch einander mutig ins Gesicht geschlagen, die Heutigen schlagen lieber wehrlose Schaufenster ein –, aber zweitens, bitte, der Sache mit Deiner Verehelichung solltest Du dahingegen baldmöglichst nähertreten. Dein Charakter, mit der vordringlichen Eigenschaft, wer weiß von wem vererbt, stets zwei Schritte rückwärts einzulegen, wenn Du einen nach vorwärts Dich endlich gewagt hast, ist keiner kontinuierlichen erotischen Affäre förderlich, das ist mir klar, obwohl, Du meinst jetzt sicher, daß ich gerade von den zwei Dingen absolut nichts verstehe, mit denen Du Dich gerade beschäftigst, nämlich mit der Liebe und dem Zustand der Gesellschaft, da befindest Du Dich aber im Irrtum. Ein Beweis fiele mir leicht, ich erlaube mir aber, ihn uns für heute zu verkneifen. Natürlich war es auch schon in meiner Jugend so, viele Freunde, von denen man plötzlich gemeint hat, sie seien verstorben, hatten nur geheiratet, aber mir ist andererseits eben doch auch bekannt, daß die Ehe eine von jenen Kinderkrankheiten ist, die man auf jeden Fall irgendwann einmal kriegt, deren Folgen aber sicherlich um so ärger sind, je später man sie bekommt. Die Jüngste vom Kienast hat grad Mumps, aber bald wird sie wieder auf ihrem Radl da vorübersausen, wenn aber er, der alte Kienast, jetzt Mumps bekäm', dann hätt' das, wie du weißt, fürchterliche Folgen, besonders für seine Frau.

Entschuldige bitte diesen Dir bei mir sicher ungewohnten Ton, aber wir haben zeit unseres Zusammenseins so wenig miteinander gesprochen, daß wir einander wenigstens ehrliche Briefe schreiben sollten, solange noch Zeit ist dazu.

Andere in Deinem Alter stellen nämlich schon langsam etwas dar. Dein Cousin Utz zum Beispiel ist im Vorzimmer beim Kanzler, Dein Schulkollege Wippel hat beste Aussichten, in die Kanzlei des Landesrates J. in Graz zu kommen, das sind die besten Sprungbretter in der heutigen Zeit. Du weißt, mit zwanzig muß man was können, mit dreißig was sein und mit vierzig was haben, sonst wird mit fünfzig nix mehr G'scheites aus der ganzen G'schicht, und man hat dann schnell keine Freud' mehr am Leben. Und das bekümmert mich bei Dir, ich fürcht', Du wirst die Überfuhr verpassen und als einsamer, langweiliger, mittlerer Beamter am Sonntag Tauben füttern gehn in den Rathauspark. Kennst Du nicht die richtigen Leute? Verzeih, wenn ich so direkt frag', aber Du weißt, ich könnte, wenn Dir danach ist, noch einige weitere Briefe schreiben, die Dir manches erleichtern würden, wenn nur Du selbst es wollen möchtest.

Aber eben gerade wegen dieser Deiner offensichtlichen Entschlußlosigkeit, dieser Scheu und Trägheit, Dich bei andern einzumischen in Hinsicht auf Dein eigenes berufliches Fortkommen, fände ich es durchaus passend, wenn Du Deine erotische Verbindung fixieren würdest, denn eine ehrgeizige Frau war schon oft eine gut sorgende Mutter für die Karriere ihres Mannes. Meinem Ermessen nach bist Du nämlich nicht eigentlich faul, oder milchig, wie wir früher gesagt haben, sondern nur zu dezent und an allem zu desinteressiert, was Deinen eigenen Vorteil betrifft. Ausschließlich nur an den eigenen Vorteil denken, das ist kleinlich, aber gar nicht dran denken, das ist halt auch ein bisserl debil. Vielleicht hab' ich damals doch recht gehabt, daß die Stadt nix ist für Dich, aber dann hätte ich allerdings erst recht die maßgebliche Bitte, heirat schnell und zieh da heraus, auch am Land kann man Vernünftiges arbeiten, und bis dahin vergiß halt nicht ganz die Bundesparteileitung, denn wer weiß, was wird, grüß mir auch die Exzellenz, on verra, und verbleibe ich mit besonderem Interesse in rebus amoris in Liebe und Zuneigung Dein alter Vater Franz."

Die Bonowskis, Mutter und Tochter, lebten schon ein paar Jahre in Maria Enzersdorf, einem südlichen Vorort von Wien, der an der alten Weinstraße zwischen Perchtoldsdorf und Mödling liegt.

Das Haus, das sie bewohnen, kann man allerdings von der Straße aus kaum sehen, weil eine etwa vier Meter hohe Mauer den Hof des „Romantikerschlössels" vor zudringlichen Blicken schützt. Wenn man vor dem großen Mauertor auf der Straße steht, kann man oben am Mittelstein die Jahreszahl 1744 erkennen und darüber die Initialen eines Heiligen aus Siena, der mittlerweile aber auch bei den Hausbewohnern in Vergessenheit geraten ist.

Rechts ragt die imposante Schmalseite des „Romantikerschlössels" mit dem hohen Dach und den sonderbaren Kaminen über die Mauer, links, ebenfalls mit der Schmalseite, der niedrigere Wirtschaftstrakt.

Wenn das große Tor im Sommer hin und wieder offensteht, dann schauen sich Vorbeigehende manchmal neugierig den akkurat gepflegten Kieshof an, in dessen Mitte ein kugelig geschnittenes Buchsbaumrondeau darauf verweist, daß der Gärtner hier französische Gutshöfe hatte imitieren wollen.

In diesem sonnigen, windgeschützten Hof wächst zwar nun kein Wein mehr wie früher, wohl aber stehen rechts, ganz nah der weißen Wand des barocken Stiegenturms mit der Sonnenuhr, ein Quittenstrauch aus Kreta und eine Reihe zarter, schulterhoher Feigenbäume, deren Früchte der pannonische Herbst, hier am Osthang des Wienerwaldes, reif und süß werden läßt.

Im linken Teil des Hofes hatte Franziska Bonowski schon vor einiger Zeit zu beiden Seiten der Steintreppe alte Rosenstöcke eingegraben, ihr besonderer Stolz aber waren immer schon die vier Oleander in ihren Holzkübeln, die im Winter ins Stiegenhaus übersiedeln müssen, in warmen Sommernächten hier aber eine sanfte Erinnerung an Gartenabende am Gardasee aufkommen lassen.

Abgesehen von dem Mitteltor hat die abweisende Straßenmauer ganz links noch eine altertümliche Pforte, wo der Eingeweihte auch von außen einen Öffnungsmechanismus betätigen kann, dann in eine zum Hof offene kleine Halle mit Holzbohlendecke tritt, von wo ein niedriger, gewölbter Gang in ein hohes, klassizistisch-blaues Stiegenhaus mit einer gedrehten Steintreppe führt.

Die Bonowskis hatten den alten Dienstbotentrakt durch einige neue Wände und versetzte Decken radikal verändert und eigentlich auch etwas verdorben, aber die großen, doppelten Glastüren ergaben nun, vom Stiegenhaus her, einen richtigen Achsenblick bis in den Garten hinaus und zum Zacharias-Werner-Hügel hin, der aussah, als wär' er extra deswegen aufgeschüttet worden.

Das Haus schien allen Gästen für Mutter und Tochter allein ein bißchen groß zu sein, aber Franziska Bonowski sagte auf Anfrage immer schnell und sachlich, ihr Mann, Käthes Vater, wäre eines Tages einfach verschwunden, und seitdem säßen sie beide eben alleine, aber das müsse ja nicht so bleiben.

Es läutete.

Franziska überlegte, wer das sein könnte, entweder John Bommi, der verrückte Engländer vom Schwarzen Turm, oder Walli Fuhrmann, der kleine Architekt von gegenüber, oder vielleicht der Rudi Thaya, der sich in letzter Zeit öfter gemeldet hatte, dieser auf den ersten Blick etwas langweilige Ministerialbeamte mit dem hellen Schnurrbart und der Riesennase, der hatte nämlich so einen eigenen, zurückhaltenden Klingelton, aber vielleicht galt die Klingelei überhaupt der Käthe, dachte sie und arbeitete weiter an ihrem französischen Text, den sie schon letzte Woche eigentlich hätte abliefern sollen.

Es läutete wieder.

Einen ihrer momentanen Verehrer hatte sie vergessen, Herrn Doktor Jean-Paul Friedrich, den neu gewählten Generalsekretär des österreichischen Club of Rome, der sich ihretwegen ständig scheiden lassen wollte. Franziska hatte aber keineswegs vor, ihn dazu zu ermutigen. Obwohl er trotz seiner kurzen, etwas rötlichen Haare und des eigenartig quadratischen Gesichts ein recht attraktiver Mann war, durchaus ein „homme à femmes", zudem viele Jahre schon ein immer verläßlicher Freund, wollte sie ihn aber trotzdem nicht heiraten, es funkte einfach nicht zwischen ihnen, und immer, wenn er sie dann doch wieder zwischendurch ins Ohr kniff, hatte sie ein unentschlossenes, lähmendes Gefühl. Berechtigterweise hielt sie das jeweils für Mitleid, denn Liebe war das zweifellos nicht.

Es läutete nochmals. Jetzt lief sie doch hinunter, sagte zu ihrer Tochter, die unten Klavier spielte, „was machst denn nicht auf", drückte aber dann doch selbst die „porter"-Taste.

„Ist doch sicher für dich", sagte der Fratz und spielte weiter, halb vom Blatt, halb aus der Phantasie, „der John oder der Walli, der Rudi oder der liebe Jean-Paul."

„Vergiß bitte nicht, du mußt dich dann noch umziehen und frisieren. Und hast du die Schuhe geholt?" fragte die Mutter, während sie schon Richtung Stiegenhaus ging.

„Zu einem Freilichttheater kann man wohl in der Jean gehen", sagte die Tochter.

„Nicht zur Premiere, und nicht, wenn der Landeshauptmann da ist, und besonders nicht ..."

„Wenn wir Eindruck machen müssen auf irgendeinen deiner Verehrer, Mami, ich weiß, aber vor lauter Decken, Mäntel, Ohrenschützer und Schimützen wird bei der Kälten eh kein Mensch sehen, wie süß wir uns wieder aufgemascherlt haben."

„In der Jean gehst du mir nicht", sagte die Mutter in der Tür.

„Außerdem ist's sowieso stockfinster, und wir wern noch froh sein, wenn wir wenigstens auf der Bühne irgendwas sehen. Hörn tut man sowieso nie was bei einer Freilichtbühne."

„Es ist fast Vollmond."

„Du wirklich, bei der Leuchtkäferlbeleuchtung wird kein Mensch merken, ob ich eine Jean anhab' oder einen Trainingsanzug. Außerdem werden die ‚Herrn Räuber' in der Burgruine auch eher locker gekleidet sein. Und frage nicht, wie der Herr Autor selber immer ausg'schaut hat."

„Der Autor ist tot, aber der Herr Landesintendant lebt und wird sicher dasein, und der Herr Fernsehintendant mit seiner Frau, der Bürgermeister von Perchtoldsdorf mit seiner Frau, dein Schuldirektor ..."

„Der hat nur eine geschiedene Frau. Und für seine momentane Freundin geniert er sich derart, wie man hört, daß er sie garantiert nicht öffentlich vorführt. So finster kann's in Perchtoldsdorf gar nicht sein. Mit der fahrt er nur auf Urlaub. Und da muß die Insel möglichst weit weg sein und, wenn möglich, überhaupt unbewohnt."

„Hawediehre, die Gnädige", sagte der lange Ulli, Samen- und Gerätehändler von der Ecke oben, „habe den Rasenmäher noch einmal repariert, erste Klasse wieder, bitte schön, billig und sehr gut, quasi geschenkt praktisch die Reparatur, wenn Sie gestatten, Gnädigste, schauma, wie langa no geht?" Ohne abzuwarten ging er mit dem Risentrumm von Mäher quer durchs Zimmer, schleppte ihn auch noch über die Terrasse, stellte ihn auf den Rand der Kiesfläche, zog zweimal am Anlasser, und schon zog der Mäher ab, die abgemähten Gräser rechts rausschießend. Befriedigt gingen Besitzerin und Reparator hinter der Maschine her und sahen zu, wie sie, zwar röhrend und stinkend, aber eminent exakt, sich eine Schneise herausschnitt aus dem dunkelgrünen Rasen. Auch

Käthchen war, durch das Schauspiel angelockt, an eines der großen offenen Gartenfenster getreten.

„Ich habe mir erlaubt, hinter dem Herrn Umweltverstinker alle Türen wieder zu schließen", sagte Rudi Thaya noch auf den Stufen zwischen Fernsehzimmer und Eßzimmer.

„Oh, welche Ehre", sagte das Käthchen und kam ihm entgegen, „wir dachten, Sie sind noch auf Ihren Latifundien."

„Sie wissen ganz gut, daß ich nie lang dort sein kann. Und Sie wissen ja auch ganz gut, was mich zurückzieht."

„Ungefähr weiß ich's, genau aber nicht."

„Sie wissen's", sagte Rudi.

„Genau aber nicht: Ist's die Mama oder bin's ich?"

Da saß er schon wieder fest. Eben. Das war's ja. „Beide", sagte er dann, um aus dieser Ecke schnell wieder herauszukommen.

„Eben. Das ist ja das Fatale. Und das Ungerechte. Die Mami hat nämlich tausend Verehrer, den John und den Walli, den Jean-Paul und den Ulli ..."

„Der Ulli? Wer ist denn das?"

„Na der Rasenmäher da draußen. Wir haben den schönsten und den billigsten Rasen von ganz Enzersdorf. Und warum? Weil der Ulli die Mami verehrt. Und warum verehrt er sie? Weil sie ihm Augen macht. Und warum macht sie ihm Augen? Weil sie gar nicht mehr anders kann. Sie macht's gar nicht mehr absichtlich. Sie ist einfach durch und durch nett, und drum haben alle einen Narren an ihr g'fressen. Und ich bin nicht nett, und so ist es halt. Sie macht sogar Rasengeknatter zu zweit, und ich find' nicht einmal jemanden zum Vierhändigspielen auf so einem anständigen Bösendorfer wie diesem."

„Sie suchen halt nicht ernsthaft."

„Bitte, das war doch jetzt ein ganz nettes Angebot von mir, und Sie müßten jetzt sagen: ‚Also gut, Mäderl, spieln wir was Flottes.'"

„Tät' ich ja sagen, aber ich kann nicht Klavier spielen. Und nach Noten schon gar nicht."

„Da sehn S', mein Pech, immer dasselbe, Sie können nicht Klavier spielen, und für Ihre Latifundien interessier' ich mich wieder nicht so sehr. Können S' gar nix spielen?"

„Schach."

„Eben. Bei Ihnen müssen immer irgendwelche Bauern dabeisein, sonst macht's Ihnen nicht Spaß", sagte das freche Käthchen. Währenddessen waren beide durch die Verandatür hinausgegangen, hatten Franziska und den sofort sichtlich eifersüchtigen Mäher begrüßt, und schnell wie immer hatte Franziska den unangemeldeten Gast überredet, sich doch eine kleine halbe Stunde im Garten die Kastanienbäume anzuschauen, bis Mutter und Tochter, umgezogen und frisiert, abfahrtsbereit sein würden für die „Räuber". Rudi könnte sie nämlich beide nach Perchtoldsdorf rüberführen und würde dann schon noch einen Stehplatz kriegen, schlimmstenfalls nach Intervention des Bürgermeisters oder des unserem Herrn Bommi gut bekannten Landesintendanten. John Bommi hatte nur vorher noch Geschäfte, würde aber pünktlich in der Vorstellung sein. Die Karten der Damen lägen abholbereit an der Kassa.

Den Mäher hatte Franziska nur etwas hilflos angesehen, schon hatte der wieder seinen Anlasser betätigt und fuhr weiter seine schnurgeraden Grasstraßen.

„Zu wöchana kumt dea Keal eigentli", dachte sich Ulli dabei, „geht um de Kastanien do spazian, ois woit as kaufn, und hofiat de Tochta und de Mutta zugleich. Ein Tschent wär a jo, des is eisan, ober wöchane wülla? ... A ruhiger Mensch an sich, ka übler Typ an sich, a schlichta Mensch, wias ausschaut, ois ein Verwandta wea der sicha net da Übelste. Soi eh a an Besitz ham, irgendwo im Woidviertl, wo si die Tschechen guade Nocht sogn. Vor hat der wos, des is sicha, sunst wära jo a net dauernd do. Die Kathi passat besser zu eam, so wia de Franzi zu mia. So kennt man uns einign. Owa wos waß ma schon Genaues haitzutog."

„Der also auch", dachte sich der wartende Spaziergänger hinter einem Ginsterbusch und sah dem Mäher heimlich zu. Die Gegend hier schien Verliebtheiten aller Art offensichtlich zu fördern, denn auch der mannshohe Hügel, auf dem er sich jetzt unter den Kronen von vier Kastanienbäumen niederließ, hieß ja nicht umsonst Zacharias-Werner-Hügel, der alte Romantiker soll von hier aus ja noch als uralter Zittergreis die siebzehnjährige Tochter des damaligen Hausherrn in mondhellen Liebesgedichten unsterblich gemacht haben.

Und jetzt saß eben er, Rudolf, da auf dem Hügel und hatte auch so seine Flausen im Kopf, nur daß eben ihm keinerlei Gedicht dazu einfiel, ja nicht einmal ein einziger Vers, obwohl das Käthchen, auch siebzehn Jahre alt, sich im „Gesindetrakt" gerade schönmachte für ihn. Oder für wen sonst? Wohl für die Zukunft einerseits, und andererseits eben für die „Herrn Räuber“ heute abend, oder?

Eigentlich sah der „Gesindetrakt“ bei genauer Betrachtung vom Garten her gar nicht so übel aus, und eigentlich auch gar nicht mehr so recht nach „Gesinde“. Mit diesen großen Fenstern, den Rosen dazwischen und dem gelben Giebel darüber erinnerte die Gartenansicht eher an eines dieser russischen Landhäuser der Nach-Napoleon-Zeit. In seiner einfachen und kargen weißgelben Ruhe wirkte das Haus aber doch hauptsächlich durch die hohen Linden und mächtigen Buchen rundherum.

So traurig er theoretisch darüber war, daß dieser Herr Bonowski Frau und Tochter hier einfach sitzengelassen hatte, so dankbar war er ihm aber im Grunde. Er war zwar keineswegs zu Hause hier, fühlte sich aber durchaus manchmal so. Rund um Wien kannte er jedenfalls kein zweites Haus, das seinem Waldviertler Niklasberg so ähnlich war. Nicht nur wegen der Bäume und dem Weißgelb, auch nicht wegen dem Bohlenboden in den Zimmern und den uralten Steinstufen im Stiegenhaus, wohl aber, weil die Menschen, die dort und da wohnten, eine ähnliche und ihm angenehme Atmosphäre hatten. Hier war zwar der Umgangston etwas flotter, der Weltstadt näher, und die Steinzeit war hier nicht die bedeutendste Geschichtsepoche geblieben wie oben an der Thaya, aber der Sinn für ein bißchen Heimatkunde war auch hier lebendig, nur war man hier eben eher auf die Herren Romantiker stolz. Franziska hatte ihm schon mehrfach erzählt, daß nicht nur der berühmte Zacharias Werner hier aus und ein gegangen war, sondern daß auch dessen Freund Clemens Maria Hofbauer und die Brüder Schlegel, die beiden Schweden Klinkowström und der Eichendorff hier im Haus ihre Andachten und romantischen Feste gefeiert haben, und seitdem hieß eben das alte Liechtensteinische Weinschloß auch im Volksmund „Romantikerschlößl".

Einige von den Wiener Romantikern haben sich damals ja sogar hier auf dem Enzersdorfer Friedhof begraben lassen. Franziska hatte ihn unlängst einmal hingeführt. Es war, nomen est omen, tatsächlich sehr romantisch gewesen, zwar nur ein blasser Mond, aber viele, viele Sterne, und Grillen und Ameisen, wo immer sie sich hinsetzten. Franziska hatte ihm erzählt, daß der junge Grillparzer jedes Jahr mit seinen Eltern hier heraußen im Schnapsbrennerschlößl auf Sommerfrische gewesen wär' und daß er das dann als Schloß der Grafen Borodin in der „Ahnfrau" sehr schaurig beschrieben hätte. Aus lauter Rührung über den jungen Grillparzer, und weil's außerdem zwischen den alten Eisenkreuzen wirklich grad schrecklich schaurig und romantisch gewesen war, und wohl auch aus einer gewissen heiteren Sympathie heraus, hatten sie sich dort recht lange geküßt. Allerdings nur stehend. Wegen der Ameisen. Und immerhin war's ja doch ein Friedhof. Jedenfalls wollte sie dann doch recht schnell nach Hause, und, was ihn tatsächlich einigermaßen verblüfft hatte, sie redete ihn am nächsten Tag wieder recht ungeniert mit „Sie" an, so als hätte der alte Grillparzer die „Ahnfrau" nie geschrieben.

Das war eigentlich nicht die wienerische Art. Aber so war sie. Hatte eben ihre Ahnen an der Ostsee und im Rheinland. Nur ihr Mann war von hier gewesen. Und ihr Käthchen eben hier aufgewachsen. Drum blieb sie ja wohl auch. Nach Danzig zurück, das wär' doch ein zu unsicheres Abenteuer, und an den Niederrhein wollte sie ohne jede Debatte überhaupt nicht mehr. Sie hatte hier studiert und geheiratet, und nun wollte sie einfach nicht mehr raus aus dem alten Haus. Im Gegenteil. Das Haus war groß genug, daß da eher noch wer rein sollte. Und nicht nur ein Schwiegersohn. Das war klar. Nur: Wer war erwünscht? Welche Art Mann? Der Maschinenmäher knatterte immer noch herum. Der ja doch hoffentlich nicht. Andrerseits, vielleicht wär' grad auch der richtig für die Franzi, wer weiß? Eine Frau mit einem so großen Garten hatte sicher auch ein großes Herz.

Sie sah ihn vom Schlafzimmerfenster aus. Er saß tatsächlich, wie sie es ihm befohlen hatte, unter den Kastanien. Eigentlich rührend. Sie versuchte, die ewig verklemmte Kettenschließe etwas zu biegen, dachte an die Ringe, Schuhe, an die Tochter, Schuhe der Tochter, Katzen hatten Milch bekommen, Sandkistchen war auch geleert, Schlüssel, Handschuh', Operngucker, Übersetzung würde etwas verspätet abgeschickt werden, Verlag muß sich melden wegen Mehrwertsteuer, hundert Schilling sind nicht viel pro Seite, aber wenn, dann exklusive Mehrwertsteuer, und außerdem brauchen wir eine neue Lampe überm Eßtisch. Wo ist der Schal? Eigentlich sollten wir wieder einmal nach Frankreich fahren, wegen der Sprache, man müßte die viel mehr üben als Übersetzerin, und dem Käthchen würde das auch nicht schaden, nach Frankreich, zum Schifahren vielleicht, zwei Fliegen auf einen Schlag, andererseits gibt's in diesem Österreich Hügel und Berge genug, richtig, Zacharias-Werner-Hügel, schön sind die Kastanien, trotzdem werden wir sie etwas kappen oben, wegen der Sonne im Herbst; jetzt ist der Thaya aufgestanden, wahrscheinlich wird ihm die Warterei zu lang; passen wir eigentlich zusammen, der Thaya und ich? Wenn er mich anschaut, is' da was – oder bild' ich mir das nur ein? Eine ziemlich große Nase hat er jedenfalls, aber häßlich war er grad nicht.

Franziska merkte am plötzlich fehlenden Geknatter, daß Herr Ulrich offensichtlich fertig war. Also Kleid drüber, und ab geht die Post. Während sie aber die Holzstiegen hinunterklapperte, war sie sich plötzlich gar nicht mehr sicher, ob sie nun doch nicht die falschen Schuhe, das falsche Kleid, den falschen Schmuck und den falschen Mantel genommen hatte, war plötzlich auch gar nicht mehr sicher, ob sie nicht überhaupt schon viel zu spät dran waren, ob Ulli nicht gleich böse sein würde, wenn sie jetzt so eilig weglief, John vielleicht auch, weil sie den Rudi Thaya mitbrachte – andererseits könnte der ein Freund von Käthe sein –, ach außerdem, man sollte sich auch nicht zu viele Gedanken machen, hoffentlich spielen die „Herrn Räuber“ eine Freiluft-Strichfassung, weil wir doch alle nichts im Magen haben, vielleicht regnet's auch, dann gehn wir gleich zum Heurigen, der Hendljahn soll doch tatsächlich den Perchtoldsdorfer Rathausheurigen gekauft haben, ja so geht's, Erfolg zeugt Kinder, ich hätt' doch auch noch gern welche, und meine und Käthes könnten dann zusammen spielen. Praktisch wär's. Telefon.

Das auch noch. Wenn das nur nicht Jean-Paul Friedrich ist.

„Ja? Jean-Paul? Na so eine Überraschung! Aber sicher freu' ich mich wahnsinnig! Also Sonntag, ja? Servus!"

„Fertig, Mami?"

„Gnädigste, bitte, das wär's halt dann. So weit, so gut. Eilig, jedenfalls, ich hab' eh schon den Mäher untergestellt drüben, alles fertig gewissermaßen, also morgen vielleicht, könnt ma ja, netwoa? Kommen S' rüber vielleicht? Also dann: Ein frohes Fest heut abend, netwoa, vielleicht?"

Da stand Ulli und ging nicht. Und da stand der Rudi Thaya und hatte schon die Autoschlüssel in der Hand, ging aber auch nicht. Waren die Türen zum Garten zu? Fenster? Keller? Gas? Luke unten offen, Garage zu, Katzen haben alles, Tochter Mantel, Geld, Schlüssel, alles klar, Ulli raus, Käthe raus, Rudi raus, ich hab's immer gewußt, dachte Franziska noch, eine Frau soll nie mehr als einen Verehrer im Haus haben, sonst kommt die Wirtschaft durcheinander.

Rudi fuhr wie der Teufel, und einmal sagte Franziska auch bewundernd: „Mensch, der fährt", aber als sie beim Einlaß waren, hatte die Aufführung trotzdem schon begonnen. Nach kurzer Verhandlung mit einem häßlichen, geschlechtslosen Wesen an der Absperrung durften sie doch noch hinein, hasteten die Holztreppen des Tribünengerüstes hinauf – und, theatralisch im Licht der untergehenden Sonne und doch auch schon angeleuchtet von den Theaterscheinwerfern lag die elegante Fassade der Burgruine vor ihnen. Vorne in der Mitte hatte der Regisseur ein grünes Netz heruntergelassen, das war offensichtlich jetzt der Wald der Räuber. Einige wilde Gesellen deklamierten locker arrangiert Unverständliches. Über der erleuchteten Fassade erhob sich die dunkle Silhouette des Kirchenschiffs, darüber hinaus ragte, etwas weiter hinten, der hohe quadratische Turm.

Der Zauber des Perchtoldsdorfer Genius loci begann zu wirken. Die drei Spätlinge kletterten die Tribünentreppe wieder runter, gingen links außen vor und setzten sich unter die Bäume auf eine Bank, genau an den Schnittpunkt von Publikum und Naturbühne. Wenn einer der Räuber vorbeilief, spürten sie den Kies an den Beinen, und der dicke Pfaff' hätte sie später fast umgerannt, so blind stürzte er von der hell erleuchteten Spielfläche ins Dunkel. Wie von Käthchen erwartet, kamen nach und nach Leuchtkäfer, wie von Franzi erwartet, kam ein dicker Mond, und wie von Rudi erwartet, lehnten sich beide, Mutter und Tochter, Wärme suchend eng an ihn, da es zusehends kühler wurde. Der Engländer saß wohl irgendwo inmitten der rechtzeitig gekommenen Zuschauer, sicher aber saß er nicht so romantisch. Folgendes gefiel Franzi: Bei dieser Aufführung kam der alte Moor nicht aus dem Souffleurkasten, sondern aus einem richtig schön vergitterten Ruinenloch; als Franz Moor in der Schlinge hing, wackelten keine Dekorationsteile, wie sonst immer in allen Stadttheatern, und es war wirklich Erde und Kies unter den markigen Schritten der Räuber und nicht ein knarrender Bretterboden, der als Wald grün hergerichtet war; zugegeben, einiges gefiel ihr auch nicht, aber besonders gut gefiel ihr, wie Rudi Thaya seinen Arm um sie hielt.

Käthe gefiel vor allem der Darsteller des Karl Moor. Rudi gefiel, daß die Ruine am Schluß tatsächlich angezündet wurde und dann phänomenal feurig brannte. Es knisterte sogar hörbar und stank dann gehörig. Am besten gefiel aber auch ihm, daß Franzi sich so ganz leise an seiner Schulter rieb, und so war allen der Vorteil einer Freilichtaufführung klar, und der Applaus war dementsprechend feurig, erstens, weil man sich endlich wieder bewegen konnte, und zweitens, weil es insgesamt nun doch kühl geworden war.

Im Gewühl wurde, bedauerlicherweise, wie Rudi fand, der ekelhaft großmäulige Engländer John Bommi von den beiden Damen aufgelesen, und der entschied auch sofort, in welchen Heurigen man zu gehen habe. Davor stellte er die Damen noch im Vorbeigehen dem zukünftigen Landeshauptmann vor, scherzte über die Schulter mit der Frau des Landesintendanten und schob alle in sein großes Auto, in dem hinten im Fond ein riesengroßer schwarzer Köter lag.

„Pamphili, halt 's Maul", sagte der Engländer in seinem satten Wienerisch zu seinem Hund, und Rudi wär' am liebsten sofort nach Hause gegangen. Da lehnte das Käthchen den Kopf zu ihm und sagte: „Schön war's, gell?" Und da fand der Rudi es eigentlich doch wieder ganz schön. Nur saß er so eng, daß ihn die etwas wilden Haare des Mädchens an der Nase kitzelten. Wegtun wollte er sie aber auch wieder nicht.

Der kleine Heurige in der Mariazeller Straße gehörte einer Frau Kaiser, sah aber gar nicht kaiserlich aus. Nach einem engen Eingang kam man in einen schmalen Garten, in dem eine Handvoll Tische und Bänke stand, ein paar Bäume, eine Veranda für den Regen, alles noch so wie seit hundertfünfzig Jahren. Der Wein aber war sehr gut; und auch die Schmalzbrote mit den dicken Zwiebelringen drauf.

John Bommi redete unentwegt auf Franziska ein. Erzählte, daß er früher für das sozialistische Zentralorgan geschrieben hatte, dann für den Rundfunk, dort sei er aber wegen zu lockerer Berichterstattung über diesen blödsinnigen Peter Alexander rausgeflogen, niemand sei eben so humorlos wie die Frauen von Komikern und wie gerade die sozialistischen Programmintendanten in Wahlzeiten; jetzt mache er aber Werbung, und zwar als sein eigener Chef, und überhaupt, das sei wohl das Wichtigste im Leben eines Menschen, daß man in seiner Arbeit möglichst selbständig sei. Nur so ließe sich eine allgemein gute Laune grundsätzlich perpetuieren. Anfangs wär' ihm das gar nicht so leichtgefallen, weil es ihm damals nämlich gar nicht so bewußt gewesen wär'.

Rudi hatte jedenfalls viel Zeit, das Käthchen anzusehen. Sie erzählte anfangs stockend, dann aber immer heiterer von ihrer stinkverteufelt langweiligen Schule. Sie sei zwar keine ganz schlechte Schülerin, im Gegenteil, aber sie wüßte wirklich nicht, wie sie die zwei restlichen Jahre dort noch durchstehen sollte. Und warum sie das sollte. Das Leben, wie es sich vorstellte, und das, was da unterrichtet wurde, das ergab ihr „gar keine Melodie".

„Und Sie", sagte Franziska plötzlich, „Sie waren

also wieder in Ihrem Schwammerlwald. Was gibt's denn Neues da oben?"

„Eierschwammerl gibt's viel, aber noch kaum Herrenpilze in dem Jahr."

„Keine gute Zeit heutzutage für Herren", grinste Bommi, „nicht nur im Wald."

„Wahl wird sein demnächst, und ausgerechnet meinen alten Vater wollen s' aufstellen."

„Bei den Konservativen", grinste Bommi, „schon verspielt."

„Also Rudolf", sagte Franziska, „sind S' doch nicht immer so wahnsinnig dezent, erzählen S' uns doch, was im Wald dort oben sonst noch so passiert."

„Sonst ist eben gar nix. Schach hat er gespielt", sagte das Käthchen, „Schach mit seinen sechzehn Bauern."

„Ich bin", sagte er, „wie Sie ja wissen, sehr gern da oben. Grad weil man ruhiger reden kann, und unmodischer. Weil man dort auch den Wiener Trubel sehr schnell und so mit Recht vergessen kann. Man ist der Ewigkeit dort oben näher."

„Ja, und abgesehen von den Abenteuern der Ewigkeit", sagte Franziska, „auf welche Art vermehren sich eigentlich die Leute da oben im Nordwald? Durch Zellspaltung?"

„Meine Mutter meint", sagte das Käthchen, „gibt's auch Mädchen dort oben? Mädchen, die Ihnen gefallen? Blumenlieseln? Milchvronis? Ackerfurchenevuschkas?"

„Ich hab' einmal Stifter gelesen", sagte Bommi, „also viel gibt's von dort oben in dieser Hinsicht wohl nicht zu berichten."

„Oh, es gäb' schon Geschichten", sagte Rudi und wollte grad die hier gar nicht erzählen, aber da Franzi ihm zutrank und ihn dabei eigentlich recht lang ansah, jedenfalls wesentlich länger, als er's sonst von ihr gewohnt war, was zum Teil sicher an dem guten Wein lag, zum Teil an dem Garterl da, aber zu einem kleinen Teil vielleicht eben auch am jungen Grillparzer, so sagte er doch plötzlich: „Also dieser Hugo Klinger, der letzte echte Besitzer der Gutsherrschaft Raabs, der Freiherr Hugo Klinger von Klingerstorff – sein Vater war Großindustrieller in Böhmen –, hatte nach dem Ersten Weltkrieg einen russischen Fürsten, Kyrill Orlow, der nach der Revolution aus Petersburg geflüchtet war, auf Schloß Raabs aufgenommen. Der schöne und intelligente Mensch vermißte einerseits den heimatlichen Petersburger Trubel, besonders im Winter, und hatte andererseits deswegen wohl bald ein Gspusi mit der Baronin Sibylle. Die beiden – auch sie war außerordentlich schön, intelligent und wirklich gebildet, eine geborene Gräfin Spiegelfeld –, die beiden waren also ein prachtvolles Paar, nur war sie halt nicht mit dem Fürsten verheiratet, sondern mit dem Baron Klinger."

„Ist ja eine schreckliche Kitschgeschichte", sagte Bommi.

„Weiter", sagte das Käthchen und bestrich ein ganz großes Brot dick mit Liptauer.

„Als nun der Baron Anfang Juni im Bruckgraben auf die Jagd ging, stand dort der russische Fürst im Gebüsch und schoß dem Baron in die Schulter. Der aber ballerte noch im Fallen zurück und traf wesentlich besser, ehe der Fürst noch ein zweites Mal abdrücken konnte. Orlow konnte zwar noch blutüberströmt in einem auf dem Waldweg etwas abseits wartenden Auto die Flucht nach Raabs auf die Burg schaffen, wurde aber im Schlafzimmer seiner Geliebten verhaftet, ins Krankenhaus Waidhofen gebracht, und dort ist er dann gestorben."

„Und sie?" fragte das Käthchen kauend.

„Sie hat sich umgebracht. Am nächsten Tag. In der Minute, als sie das erfuhr."

„Und die Moral?" fragte Franziska.

„Ja die Moral ... die Moral ist", sagte der junge Thaya, „wir da oben tun uns wohl schwer mit der Liebe."

„Wir da herunten", sagte Franzi, „wir tun uns da natürlich viel leichter, und unsere Weingegenden sind ja überhaupt sonniger und menschenfreundlicher als Ihr Mordwald da oben, voll von böhmischen Wölfen und russischen Bären."

Später dann, beim Abschied, sagte Franziska, „also auf Sonntag", und ließ sich von Rudi bewußt langsam in den Mantel helfen. Dann aber drehte sie sich schnell zu ihm um, lehnte sich ganz an ihn und sagte leise: „Hast du eigentlich wieder einmal in der ‚Ahnfrau' gelesen?"

„Nein", sagte er.

„Siehst du", sagte sie, „aber ich."

Pause. Beide dachten kurz an ihre Schmuserei am Friedhof.

„Ich hab' immer g'hört, die ‚Ahnfrau' sei ein zu grausliches Stück", sagte er dann plötzlich, wollte aber eigentlich überhaupt nicht darüber diskutieren, sondern sprach zum ersten Mal und hastig von seinem Traum, irgendwohin auszubrechen, sein Büroschicksal mißfiele ihm radikal, ob sie sich denn so etwas wie ein „intelligentes Landleben" vorstellen könne. Mit ihm natürlich. Und mit dem Käthchen. Und mit Rado vielleicht. Rado sei nämlich aufgewachsen am Land, und er, Rudolf, ja auch. Er verstünde was davon. Vom Wachsen des Getreides, vom Geruch im Wind und dem filzigen, biestigen Staub bei der Ernte, vom Rasseln der Körner vom Drescher in den Wagen, von der Feuchtigkeit der Körner und vom Preis dafür.

Er sei wohl verrückt, sagte sie, sie sei doch keine Bäu'rin.

Zu Rudi Thaya sagte Rado am Samstag beim Abschied neben dem oberen Erfrischungsstand im Südbahnhof, während er das Papiersackl mit den Äpfeln neben den neuesten Belgrader Zeitungen in seinem Seesack verstaute: „Wie war Erdbeben in Skoplje, da hab' ich angefangen damals in Theater. Und haben sie mich dann iberall hingeschickt, nach Kuba, Kambodscha, Hanoi, und habe ich iberall Theater angeschaut und mitgemacht, nur wie ich dann hab' zu Hause in Skoplje ein Stick herausgebracht iba Arbeiterselbstverwaltung, da haben sie mich sofort nach Wien hinausgeschickt. – Und was war hier? – Dich hab' ich getroffen, das war das einzig Gute hier. – Die alte Stadt Wien, Mutterstadt von Donaustrom, die mag nicht mehr ihre Enkelkinder aus dem Siden. – Und oben bei aich im Wald war's iberhaupt am schlimmsten."

Pause.

„Und in Rom glaubst is besser?"

„Vielleicht nicht viel Geld, aber vielleicht viele

Fantasie“, sagte er und schwang sich auf die hohen Stufen des Waggons.

„Morgen Frihstick, Signore?“ fragte ihn der Schaffner.

„Ich nix Geld“, sagte Rado und grinste erst den Schaffner und dann Rudi noch einmal an, „aber wenn du jenes Frailein Zita wiedersiehst, so griße sie von mir, tschau!“

Als Rado samt dem letzten Waggon weg war, ging Rudi langsam durch die obere Halle des Südbahnhofs, dann etwas schneller durch die untere, dann eilig über die gerade um diese Zeit wild befahrene Kreuzung vor dem Bahnhof und landete schließlich auf der gegenüberliegenden Seite aufatmend im Garten des Oberen Belvedere.

Am Teich dort setzte er sich in das kurz geschnittene Gras, legte sich zurück und sah lange in die nach Südosten ziehenden Wolken.

Von dort war Rado gekommen. Und dahin war der Bauherr dieses Schlosses, jener „edle Prinz von Savoyen“, immer wieder mit neuen Bataillonen in die gleichen, blutigen Bataillen marschiert. Viel Schweiß, viel Müh’, viel Mut. Aber wohl auch viel strategisches Talent, wenn der den rechten Augenblick zum Angriff plötzlich sah und „Feuer!“ rief bei Zenta oder Belgrad im entscheidenden Moment, wo kein anderer sich das getraut hätt’, nur eben er, der Prinz Eugen, der hat’s riskiert und gewonnen.

Aber was war denn nun das Ergebnis all dieser Kriege und Siege und Niederlagen? Wieder beginnt doch heutzutag keine fünfzig Kilometer von hier nicht nur der Balkan, sondern das heilige Asien selber, oder? Denn das sind doch eigentlich keine mitteleuropäischen Staaten mehr da drüben, das sind doch wirklich nur noch Moskowiter Provinzen, wo die Bauern Jahr für Jahr immer weniger Korn anbauen dürfen, damit man die vielen Flinten leichter wiederfindet, die alle die Systemsabotierer dort ständig hineinwerfen wollen. Aber es werden ja eben oft erst die Söhne für die verdienstvollen Taten der Väter bestraft.

Als Rudolf dann wieder erwachte, war es Abend geworden. Das Schloß sah aus wie kalter Fels, und Rudolf fror.

Er mußte sich mühsam erinnern, warum er hier überhaupt hergekommen war. Außerdem hatte er eine Ameise im Ohr. Lange konnte er den gesuchten Speck in der Selchkammer seines Geistes nicht finden, bis ihm endlich einfiel, daß er Hunger hatte, und in Verfolgung dieses erfreulichen Gedankens dachte er, er könne doch mit Rado essen gehen, da fuhr aber die Erkenntnis wie ein Schwert durch ihn, daß Rado ja mit irgendeinem Geheimauftrag des Prinzen Eugen in die italienischen Provinzen abgehauen war.

Das ganze Elend beider Sizilien legte sich Rudolf nun auf den Magen. Er fühlte sich fast genauso elend wie unlängst in der Bundesparteileitung, wohin ihn sein Vater wieder einmal mit Hilfe eines mahnenden Briefes geschickt hatte. Er solle sich dort doch zeigen, hatte er gelesen, um sich in Erinnerung zu bringen. Ja wofür denn? Für irgend so eine Statistenrolle auf dem politischen Nationaltheater? Und statt „Der Fürst ist zu Schiff nach Frankreich“ dürfte er dann sagen: „Der Herr Direktor sind mit dem Privatjet nach Vaduz?“ War das der Red’ wert?

Aber der Herr Vorsitzende samt seiner adretten Frau hatte ihn an dem Abend dort ohnedies nicht einmal für die Dauer eines Lächelns wahrgenommen, und Rudolf hatte somit während des ganzen musikalischen Abends – Schrammelmusik aus der Ringstraßenzeit wurde gegeben – nicht ein einziges Mal Gelegenheit gefunden, irgend jemandem wenigstens seine gute Gesinnung zu zeigen oder sonst etwas schön Vaterländisches ansprechen zu können. Er hatte sich zwar bei der anschließenden Stehparty mit seinem Nockerl-und-Kalbsgulasch-Teller in der Hand noch einige Zeit im Netzwerk der Gespräche vieler bedeutender Männer und kauender Frauen hin und her bewegt, war aber dann doch abrupt weggegangen, weil dieser geisterhafte Mechanismus des ständig nur halbherzigen Zuhörens über irgendwelche Schultern hin ihn dann doch in eine plötzliche Panik versetzt hatte, und er war nebenan ins „Sirk“ gegangen, auf ein Bier, und hatte mit der Bardame dort noch ein bißchen herumgeblödelt, denn er war ja wirklich nicht von Geburt an trübsinnig, ja er hatte eigentlich noch bis vor wenigen Tagen gehofft, daß alles leidlich in Ordnung war.

Aber war es das?

Also die Arbeit im Ministerium interessierte ihn tatsächlich immer weniger. Was er dort zu tun hatte, das konnte er mittlerweile, und zu mehr wurde er ja doch nicht gebeten. Die absolut karrierebewußte, aufgedunsene Emsigkeit seines direkten Vorgesetzten Gotthard wurde ihm speziell und zunehmend suspekt. Die Buckelei und Taktiererei für minimale

Hausvorteile im Amt war einfach schäbig. Eines erwachsenen Menschen unwürdig.

Da war das jährliche Felderbebauen vielleicht doch noch das sinnvollere Geschäft. Und ließ ihm vielleicht auch mehr Zeit für sich selber. Für Ruhe und „die Nase in den Wind halten". Und für Kinder. „Das ist das Eigentliche", hatte er unlängst bei Achim von Arnim gelesen, „Felder bebauen und Kinder erziehen." Überhaupt die Preußen von 1813, dachte er, und dabei fiel ihm wieder Franziska ein.

Andrerseits eben Rado. Mit ihm hatte er sich deswegen ganz zufällig in einem Kaffeehaus hier angefreundet, weil der so interessiert alle Wiener Zeitungen gelesen hatte. Für Rudi war das vollkommen absurd gewesen, aber Rado war damals eben noch ganz trunken gewesen von all der westlichen Freiheit und hatte Rudi einige Wochen, ja sogar Monate, mitgerissen mit seiner Begeisterung und seinen Plänen, was alles sich ändern würde hier.

Nun aber war er doch wieder weitergefahren. Wien sei ihm doch zu blaß, zu schwerfällig, hatte er gesagt, zu kalt, zu verfilzt und zu träge, letztendlich hatte er dann alles hier nur mehr verlogen, provinziell und tödlich langweilig gefunden.

Aber wie ging es ihm eigentlich selber? Warum war er, Rudi, denn nicht mitgefahren nach Rom? Dort war vielleicht wirklich vieles wärmer, offener, lebendiger? Was war ihm denn eigentlich noch wichtig hier?

Sein Herkommen? Seine Vorfahren? Seine Eltern? Irgendein überliefertes Denksystem? Irgendein neues?

Der Zwang, Geld zu verdienen? Hatte er den eigentlich wirklich? Spürte er wenigstens einen Drang, öffentlich geehrt zu werden, das heißt, etwas zu leisten für eine Gemeinschaft? Für welche? Für diesen Staat? Ja? Für diese Stadt hier? Für das Ministerium etwa?

Wo war denn in den Wolken da oben noch irgendeine Motivation zu lesen, hier aus dem Gras aufzustehen und wieder an die Arbeit zu gehen?

Pause.

Und was war eigentlich mit Franziska?

Er hatte Sinn für sie. Zweifellos. Sie war ihm ähnlich, aber doch auch anders als er. Sie war ein Mensch der „Beziehungen". Sie lebte in „Beziehungen", fühlte sich wohl in „Beziehungen", pflegte dieses Netz der „Beziehungen", knüpfte es sorgfältig, wenn es irgendwo zu reißen drohte, und schaukelte sich lächelnd darin, wenn alles in Ordnung war – er aber hatte nichts. Weder lud er jemanden ein, noch wurde er eingeladen. Hier in der Großstadt reüssierten die gerissenen Ja-genau-das-wollte-ich-sagen-Figuren, die jederzeit vollstes Interesse heucheln konnten für alles, was „in" war. Und da war Rudi eben „out". Labil und ungeschickt dazu, weil nicht anpassungswillig, renitent im Beruf wegen seiner „überspannten" Ansichten über die weitgehende Unsinnigkeit jeder bürokratischen Initiative, gestört zweifellos, mit geschrumpften Spielräumen, total verkümmerter Selbstdarstellung und Spontaneität, ja tatsächlich, wenn er das so überprüfte, sein kommunikativer Umgang hatte sich in den letzten Monaten auf Rado und das Haus in Maria Enzersdorf beschränkt.

Und das eine war ja nun vorbei, und das andere

mußte nun bald einmal irgendwie entschieden werden. Aber in welchem Sinn?

Vielleicht sollte er wirklich doch wieder aufs Land? Sich einfach geregelt körperlich anstrengen? Ohne Gift Felder bebauen, wenn das möglich war, sich selbst Obst ziehen und sich freuen wie damals als Kind, wenn im Herbst die Äpfel dann tatsächlich rot und reif wurden am Baum?

Nicht wie der Vater, die Felder mit Gewinn verpachten, das war wohl Unfug, aber selbst rausfahren und umgraben „im Schweiße seines Angesichts“, das gab vielleicht doch eine gewisse Befriedigung.

Und wenn Franziska nicht wollte, vielleicht will die Kleine?

Unsinn. Die sollte erst mal die Schule fertig machen.

Am Sonntag nachmittag, kurz vor vier Uhr, kam der Doktor Jean-Paul Friedrich, entgegen Franziskas Hoffnung, sowohl pünktlich als auch ohne seine Frau. Er kam wie immer, äußerst wohlrasiert und voll von kosmopolitischen Scherzchen, diesmal aber nicht in seinem grauen Dienstanzug mit der Brandeis-University-Krawatte, sondern als Wanderer verkleidet, als käm' er direkt aus dem Herrenjournal „Jagd- und Freizeitkleidung“.

Wie immer war das Käthchen etwas schneller fertig als ihre Mutter, und trotz ihrer obligaten Jean führte sie mit ganz ernstem Gesicht eine sehr diplomatische Konversation mit dem Renommierverehrer der Mamá, Betonung auf dem zweiten a, sobald Jean-Paul im Hause war.

„Und in Portugal, sagt die Mamá, sind Sie auch grad gewesen?“

„Komme eigentlich aus Spanien, wo ich einen längeren Vortrag in Anwesenheit der jungen Königin halten durfte“, sagte Jean-Paul, und Käthchen dachte und so weiter und so weiter. Da Bommi als nächster kam, glitt Friedrich anstrengungslos ins Englische. Das Käthchen versuchte einige Brocken ihres Donald-Duck-Englisch dazwischenzuwerfen, wie „grunz, grunz“ und „goofing around“, wurde aber nicht weiter einbezogen und ließ es also bald.

Die beiden redeten jetzt offensichtlich von irgendeinem spanischen Ministerpräsidenten, der vorher Fernsehdirektor und davor Polizeichef gewesen war. Zweifellos wieder einmal eine exakte Karriere. Offenbar war der ja so etwas wie ein intimer Bekannter von Jean-Paul. Jedenfalls schien er ihn schrankenlos zu bewundern.

Bommi war zurückhaltender, kannte aber offensichtlich auch irgendeinen ungeheuer Wichtigen. Das Käthchen wartete nur darauf, daß die beiden nun locker ins Spanische hinüberwechseln würden, Jean-Paul versuchte es wohl auch, aber Mister Bommi konnte nur sehr schlecht folgen. Endlich kam der junge Thaya, und das Käthchen verließ sofort endgültig den schmalen Grat von gespieltem Sachinteresse und psychologischer Beobachtung.

Rudi küßte ihr die Hand, sie wurde rot, kein Wort fiel ihr ein, kein Gedanke kam zu Hilfe, Gott sei Dank kam aber Franziska gerade, und da der Bonowskische Garten zum „Gebirge“ hin rückwärts eine Pforte hatte, ging also die heitere Gesellschaft gleich quer durch den Sommergarten zum Weinberg der Schotten.

„Es heißt tatsächlich Maria Enzersdorf ‚am Gebirge'. Auch der Nachbarort heißt Brunn ‚am Gebirge', aber die Weinhügel da sind das einzige ‚Gebirge' weit und breit. Dahinter ist schon der Wienerwald, das Stift Heiligenkreuz, das Stift Lilienfeld, und die Straße da hinüber, das ist dieser berühmte, alte Pilgerweg von Wien nach Mariazell. Bis Enzersdorf hier war früher der erste Tagesmarsch. Drum die paar alten klobigen Herbergen um Kirche und Kloster und der barocke Beiname ‚Maria' Enzersdorf", sagte Jean-Paul.

„Wieso weißt du denn das alles?" sagte Franziska.

„Weil ich mich auf diese Wanderung vorbereitet habe, unter anderem mit der eingestandenen Absicht, deine Bewunderung zu erregen und zu genießen", sagte er freundlich. Alle lachten. Man war in jener heiteren Stimmung, in der man bereit ist, möglichst alles angenehm zu finden. Auf dieser Welle der Zustimmung ließ Jean-Paul sich weitertragen und sagte: „Die Burg Liechtenstein vor uns hier war übrigens nicht die ursprüngliche Befestigung, als sich um tausend der bayrische Adelige Engelschalk hier niederließ. Nach ihm hieß die Siedlung zwar Engelschalksdorf, daraus wurde Enzersdorf, aber seine Burg stand nicht hier am Liechtenstein, sondern da rechts drüben auf dem kleinen Felsen über dem Weingarten der Schotten."

„Wo die Ruine ist?" fragte Rudolf.

„Exakt. Aber die Ruine selbst ist eine Kunstruine, die hat der berühmte Romantikerfürst Johann von Liechtenstein erst 1806 auf den Felsen hingebaut.

Der hat aber nicht nur die berühmte Burg Liechtenstein da vorne wieder aufgebaut, sondern auch das ‚Römische Amphitheater' 1806 aus einer romantischen Laune heraus in den Wald da oben stellen lassen, wo wir dann vorbeikommen, wie auch das Pfefferbüchsel und den Schwarzen Turm."

„Meinen. Richtig. Und ich hab' ihn fertiggebaut", sagte Bommi.

„Du wirst deinen Spaß dran haben", sagte Franziska zu Jean-Paul.

„Ich habe meinen Spaß daran", sagte Jean-Paul, „dich anzusehen und, was man ja nicht bei jeder Frau sagen kann, dir zuzuhören."

„Gibt es tatsächlich Frauen, die dir nicht angenehm sind? An so einem strahlenden Nachmittag? Riecht ihr übrigens die Kamille da?"

„Deine Tochter zum Beispiel ist zwar an sich ein erfreulicher Anblick", sagte Jean-Paul, „nicht aber für mich, da ich ihrem Gesichtsausdruck wieder einmal entnehme, daß sie mich für einen alten Idioten hält."

„Das ist richtig", sagte das Käthchen.

„Muß aber von dir nicht überbewertet werden", sagte Franziska zu Jean-Paul, „da sie die meisten Männer für Idioten hält, besonders alle ihre Lehrer."

„Es gibt aber auch Ausnahmen", sagte Bommi.

„Wen?" sagte Käthe.

„Mich", sagte Bommi und grinste.

„Alt kann man dich wirklich noch nicht nennen", sagte das Käthchen, „das ist wahr."

„Und für einen Idioten hältst du mich doch auch nicht", sagte Bommi.

„Also eigentlich schon", sagte sie.

Pause.

„Und warum?" fragte Bommi.

„Weil du so ein Angeber bist", sagte das Käthchen.

Franziska hakte sich bei Bommi ein.

„Morgenstund' hat Gold im Mund", sagte Jean-Paul.

„Jungsein ist eben auch nicht immer leicht", sagte Franziska und versuchte mit Bommi die gleichen Schritte zu machen. Trotzdem war Bommi gekränkt.

Das Käthchen kletterte plötzlich über die Absperrung und verschwand in der Baustelle des neuen Altenheims, das hier mitten im Wald, gegenüber der alten Burg Liechtenstein, laut großer Tafel „von Land und Gemeinde" gebaut wurde. Die andern kletterten hinter ihr her, Jean-Paul setzte seinen Vortrag über den verrückten Fürst Liechtenstein fort, der in seinem Romantikerwahn immerhin auch dieses großartige Schloß mit den vier freitragenden Säulen und dem figurengeschmückten Giebel damals hier hingesetzt hatte, das die Gemeinde jetzt zu einem Altenheim umbaute. Hinter einem gepölzten Seitenteil wartete das Käthchen. Als Rudolf kam, sagte sie: „Fanden Sie das auch dumm von mir, vorhin?"

„Ja", sagte er.

„Und warum?"

„Weil es ihm weh getan hat. Und weil Ihre Mutter jetzt den Samariter spielt und mit ihm Händchen hält."

„Ist das schlimm?"

„Ja. Für mich schon. Weil ich nämlich offensichtlich eifersüchtig bin."

„Das müssen Sie nicht sein. Das kommt wirklich

oft vor, daß meine Mutter mit irgendwem Händchen hält. Ich glaube nicht, daß sie Bommi heiraten wird. Aber wenn Sie wollen, wir beide können sie ja weiter beobachten. Nur, wenn wir weiter hier so stehenbleiben", sagte das Käthchen, ohne wegzugehen, „verlieren wir den Überblick."

Pause.

„Wissen Sie", sagte das Käthchen dann, „daß sich drüben von der Burg früher einmal alle sitzengebliebenen Mädchen von Enzersdorf runtergestürzt haben?"

„Alte Geschichten", sagte Rudi.

„Ich mach' das auch", sagte das Käthchen.

„Wegen wem denn", sagte Rudi und nahm sie an der Schulter, „es ist feucht da, kommen Sie, gehen wir lieber wieder an die Sonne."

Zur selben Zeit läutete Ulli, der Gärtner, in der Liechtensteinstraße 18a und merkte, daß niemand zu Haus war. Da er aber seinen neuen Elektromäher schon abgeladen hatte, und da er ein Mann war, der nicht so leicht von etwas abzubringen war, was er sich einmal vorgenommen hatte, hob er den Mäher auf, schwang ihn über die Schulter, ging die Seitenstraße hoch, kletterte hinten über den Zaun und begann dort unter den Bäumen weiterzumähen, wo er letzthin aufgehört hatte, erstens, weil er es damals zeitlich nicht mehr geschafft hatte, und zweitens, weil der fremde junge Mensch dort gewartet hatte, dem er nicht zu nahe hatte kommen wollen. Irgendwie instinktiv hatte er zu dem nicht hingewollt.

„Sunntag is' des vaboten", sagte eine dicke Frau aus dem Nachbargarten und sah über die Mauer.

„Offensichtlich steht die drüben auf einer Leiter oder auf einem Faß oder so was", dachte Ulli, und jetzt erkannte er sie auch. Allerdings war er mit der Brunnbergerin nicht sehr vertraut, weil die sehr selten zu ihm ins Geschäft kam. Sie war noch eine von den Früheren da, nicht eine seiner neuen gehobenen Kundschaften, die so langsam mehr und mehr aus Wien hier herauszogen, die erstklassigen Rasen, Orchideen, Azaleen und ähnliche Luxusblumen von ihm bezogen. Auch wenn die dann eingingen, weil sie eben in diesen Gegenden mehr Pflege brauchten als am Gardasee oder in der Toskana.

„Mir is des jo net so recht, daß Sie der Frau do jetzt so an leisen Mäher anbringen mechten. Mir war nämlich der stinkende Böller do deswegen lieber, weil i do herüben meine Hendeln und Hasen und Meerschweindln aufziag und die mochen a an Lärm und an Gstaunk, und so hätt mas leicht ausgleichen kennan, Lärm gegen Lärm und Gstaunk gegen Gstaunk."

Pause.

„No jo", sagte Ulli.

„Mochens dera eintlich olles gratis", sagte die Nachbarin, „i man, i mogs jo a, ober olles hot do seine Grenzn."

Pause.

„No jo", sagte Ulli.

„Owa mochn Sie si bloß kane greßeren Suagen", sagte sie dann, „des heat si eh olles auf, wonn amoi wieda a Herr und Gebieta im Haus is."

Pause.

„Ah, wieso denn?" sagte da der Ulli.

„Weil Sie ka Trottl san und net fir an ondan barabern wean und wäu sie ka Trottl is und Sie nimmt, bloß wäus ihra den Rosn schen ohmahn kennan."

Pause.

„I waß eh, wen se si nimmt", sagte dann die Nachbarin, „i kenns eh olle, wos aus und ein gengan do."

„Den bring i um", sagte da der Ulli plötzlich.

„Jo, so bled schauns aus", sagte sie, „und dann kummt der nexte. Do hettens vü ztuan."

Pause.

„Solli Ihna wos höfn?" fragte sie.

„Na", sagte er.

„An Schnops hätt i do", sagte sie.

„Am Oasch kennans mi", sagte da der Ulli abschließend und schulterte seinen Mäher.

„Do hauda o", sagte sie und „no jo, so isses hoid, tua ma hoid weida." Vorsichtig stieg sie wieder herunter zu ihren Hühnern, Hasen und Meerschweinchen. Die Hühner aß sie selber, zusammen mit ihren immer hungrigen Kindern, die Kaninchen verkaufte sie an eine Wildbrethandlung in Hietzing, und die Meerschweinchen zog sie auf für ihren langjährigen Kunden, Herrn Professor König am Institut für Virologie in der Kinderspitalgasse. Alles zusammen brachte nur sehr wenig. Aber es genügte ihr.

Währenddessen waren unsere Ausflügler zum „Schwarzen Turm" gekommen. Die Aussicht über die steilen Felszacken in die Mödlinger Schlucht hinunter war furchterregend, und furchterregend war auch das Geheul des schwarzen Riesenhundes Pamphilius hinter dem hohen Felsengitter.

Freundlich lächelnd aber öffnete ein dunkelhäutiger Indonese, ließ wortlos alle ein, hüpfte dann die paar Schritte vor, öffnete freundlich lächelnd die niedrige Tür zum Turm und schloß sie wieder, als alle drinnen waren. Pamphilius mußte draußen bleiben. Weinend heulte er weiter. Sein Herrl hatte ihn kaum begrüßt. Bommi war immer noch beleidigt. Nur als er mit Franziska, eng untergehakt, ein Stück zwischen den Rotföhren auf einem Seitenweg allein gegangen war, ihr auch einen besonders schönen Blick auf einen Tempel auf einem Nachbarhügel zeigen konnte, erbaut von demselben Fürsten Liechtenstein in Erinnerung an seine wunderbare Errettung in der Schlacht bei Wagram, da war er etwas lockerer geworden, kaum war aber dieses Miststück von Tochter wieder aufgetaucht, war's wieder aus mit seiner Laune. Wäre nicht sein „Schwarzer Turm" das Ziel des ganzen Ausflugs gewesen, er hätte sich mit Franziska einfach in die Büsche geschlagen und wär' auf Gegenkurs abgesegelt.

Wortkarg führte er nun die Gäste durch seinen Turm. „Ebenerdig gotische Gemäuer", sagte er.

„Neugotisch", sagte das Käthchen.

„Dieses Stockwert Renaissance", sagte er schon auf der Wendeltreppe.

„Aber alles imitiert", sagte das Käthchen kaltnasig nach einem Blick in ein Schlafzimmer, wo ein weißes Bärenfell auf dem Boden lag.

„Und hier", sagte Bommi, „mein liebster Raum."

„Autsch", sagte da das Käthchen, als sie die Stiegen hochkam, „nicht so übel."

„Klassisch", sagte Jean-Paul und ging in dem runden Raum von Fenster zu Fenster, „klassische Aussicht, zweifellos, man kommt sich vor wie in den Albaner Bergen."

„Oder wie in Portugal“, sagte das Käthchen, „oder wie in Spanien, und so weiter und so weiter.“

„Wie ich unlängst in Rom war“, fing Jean-Paul eine längere Geschichte an, die er aber, immer leiser werdend, schließlich ausschließlich dem Gastgeber Bommi widmete.

Franziska hatte auch kurz aus den Fenstern gesehen, konnte aber plötzlich nicht mehr zuhören, setzte sich mitten im Raum in einen der klassizistischen Lehnsessel und tauchte langsam ein in die bunten Tierkörper und Schlinggewächse, verlor sich in den Fabelgestalten und Wolkensymbolen, mit denen ein offenbar zeitgenössischer Maler den kreisrunden Saal mit verwirrenden Geschichten rundum bemalt hatte. Ein Menschenhirn sah aus wie Bommi. Eine Gazelle hatte eigenartigerweise ganz Franziskas Figur. Aber was sollte wohl das Lenkrad in ihrer Hand dort, und die roten Wirbel darüber und der Hirsch mit dem Kopf und das Reh mit dem Volant …

„Das hat ein Freund von mir gemalt. Leider ist er jetzt in einer Anstalt. Er ist nicht fertig geworden, besonders an der Nordseite, die Pferde dort und der Hirsch mit dem Kopf, vielleicht hört er ja wirklich noch einmal auf zu saufen, bei seiner letzten Flucht haben sie ihn aber gleich wieder erwischt.“

Franziska dachte: „Entweder ist das der Schnaps, den der komische Diener mir da vorhin gegeben hat, oder ich bin zu schnell die Treppen da rauf, oder ist es die verrückte Malerei, die mich schwindlig macht.“ „Geh mach das Fenster auf, Rudi“, sagte sie.

„Es ist das alles als Entwicklung zu sehen, der Turm reicht von der Steinzeit, unten, über das Mittelalter bis hier herauf zum Klassizismus, also bis in die Gegenwart, in der es zwar noch Mythen gibt, die aber von der Technik doch schon vollständig überwuchert werden. Da drüben führt eine ganz schmale Treppe um den halben Raum hier außen rum, in den vorletzten Raum hinauf, den wir ganz mit rotem Plastik ausgestattet haben: Sessel, Tische, anonyme Figuren, so seh' ich die Zukunft, alles rot bei uns und alles Plastik."

„Geht's dir nicht gut", sagte Rudi, nachdem er ein Fenster geöffnet hatte, und nahm damit das vertraute „Du" von ihr auf, „willst dich hinlegen unten?" Gern hätte er sie wie ein Kind hochgenommen, an sich gedrückt und irgendwohin getragen, weit weg von den anderen.

„Bringst mir ein Glas Wasser?" sagte sie. Er strich ihr kurz über die Stirn, als wollte er sehen, ob sie Fieber habe, und dann ging er schnell hinunter um das Wasser.

„Und aus dem weißen Raum mit dem roten Plastik da oben kann man auf einer Holzleiter, das ist noch provisorisch, am liebsten wär' mir da ein freitragender, kleiner roter Lift wie zum Beladen der Raketen in Kap Kennedy – da kann man also dann ins All hinauf, in den Himmel, besonders in der Nacht glaubt man da oben, man sitzt auf einer Pyramide, rundum nix, nur die niederen Zinnen, und darüber Sterne, Sterne, Sterne. Manchmal komm' ich mir da vor wie ein indianischer Priester, ganz bereit, überirdische Gäste bei mir aufzunehmen."

„Enorm", sagte Jean-Paul.

„Weißt was", sagte das Käthchen zu Mister Bommi, „entschuldige bitte meine Dummheit von vorhin, du hast wirklich einen traumhaften Turm."

„Schon wie ich ein Bub war, in Mödling unten, hab' ich da heroben immer gespielt, da war das eine Ruine, und der Wind ist durch, und die Fenster waren nur so roh vernagelt, und dann nach dem Krieg waren Flüchtlinge herin, arme Hunde armselige ..."

„Was, du bist aus Mödling da? Ich dachte immer, du bist ein Engländer, einer aus dem Zauberland der Iren? Ein Kelte, ein geheimnisvoller?"

„Als Bub war ich in Mödling. Aber später dann in Londonderry, das ist schon richtig. Aber jetzt bin ich eben wieder da, und Gott sei Dank in meinem Turm, weil in so einer normalen Wohnung könnt' ich nicht leben."

„Bist halt doch ein Angeber, oder? Laßt sich von allen Leuten Mister Bommi nennen und ist aus Mödling da!"

Pause.

Er habe das eigentlich nie jemandem erzählt, sagte er, es sei auch wirklich gar keine heroische Geschichte, aber wenn das Käthchen schon so patzig hier herumrede, dann müsse er wohl was sagen dazu.

Sein Vater sei tatsächlich Ire gewesen und war in einer englischen Textilfabrik hier bei Mödling angestellt. Viele Jahre. Aber eines Tages sei er plötzlich weg gewesen. Daraufhin wär er selber, als er mittags das nach der Schule erfahren habe, dem Vater sofort nachgefahren. Sein Vater sei nämlich für ihn nicht nur sein Vater gewesen, sondern auch sein großer Bruder, sein Freund in allen Träumen, sein Kamerad, und da habe das Käthchen schon recht gehabt, er sei wohl wirklich so eine Art Zauberer gewesen, ein Verrückter, auch solange er noch gesund gewesen wäre.

Seine Mutter, die er eigentlich immer schon sehr wenig gesehen habe, hätte nur gewußt, daß sein Vater aus Londonderry gewesen wäre, und dahin sei er also, ohne der Mutter etwas zu sagen, noch am selben Tag losgezogen, hätte Autos aufgehalten und sich heimlich auf Lastenzüge geschlichen, bis er ihn in der Stadt Londonderry in einer Anstalt gefunden hätte. Der Vater habe offensichtlich schon hier in Mödling verspürt, daß sich sein Gehirn verwirren würde, hatte aber wohl hier keinem mehr Scherereien machen wollen und vielleicht auch bewußt dort verrückt werden wollen, wo er aufgewachsen war. Ein rothaariger Priester habe dem Kleinen dann geholfen, daß er habe arbeiten können dort, Kerzen verpacken und Kirchen auskehren, und so habe er bei seinem Vater bleiben können, bis er dann verreckt sei in seinem Gitterbett.

„Und einige Jahre später bin ich eben wieder zurück“, sagte Bommi zu Käthchen, „und du siehst, so leicht wie du, verzeih, so behütet, so wird nicht jeder erwachsen, so störungslos wie du, so arrogant – darf ich Tee rufen, Franzi?“ sagte er dann und klingelte. Der stumme Diener erschien und brachte das Glas Wasser für Franziska und Tee für die andern.

„Dein Vater ist auch weggelaufen, aber du hast dich nie sehr um ihn gekümmert, gell, findest das die feinere Art?“ fragte der Hausherr noch, aber das Käthchen hatte sich schon abgewandt und stand jetzt am Fenster.

„Da unten auf der Terrasse wär’ so ein kleiner italienischer Springbrunnen sehr passend“, sagte Jean-Paul, um die Spannung im Raum etwas zu lösen, „und die Sonne da und die Farben den Anninger hinauf, das sieht alles wirklich aus wie die Albaner Berge bei Rom – und ist das nicht auch die Ruine Mödling da rechts, nicht wahr, wo der Vogelweider gesungen hat?“

„Right“, sagte Bommi, drückte auf einen Knopf, und die vorbereitete Kassette einer Neuaufnahme mittelalterlicher Liebes- und Frühlingslieder des Oswald von Wolkenstein ertönte stereophon. Diese Kassette paßte immer, denn jeder Besucher gab irgendeinmal das Stichwort Ruine Mödling oder Mittelalter, und allerspätestens bei dem Stichwort Minnelied war die Kassette dann am Platz. Befriedigt sah der ehemalige Mödlinger Rotzbub, daß wieder eine Besuchergruppe von den Fabelwesen seines Turmtraumes berührt worden war.

Am späten Abend saß man dann oben zwischen seines „Turmes Zinnen“. Da Bommi aber zusammen mit dem Diener das Feuer und das Fleisch, die Pilze, Ketchups und Getränke zu organisieren hatte, Jean-Paul jedoch schon um „Punkt sieben“ nach Hause zu Frau und Töchtern hatte ziehen müssen, ergab es sich, daß zwischen Franziska und Käthchen, angenehm und ohne Krampf und Eifersucht, der junge Thaya in die Sterne sah.

„Und was ist eigentlich die Liebe?“ sagte das Käthchen plötzlich.

„Alles, was mir im Moment dazu einfällt“, sagte Franziska, „ist, daß es mir wieder bessergeht da heroben. Das liegt sicher an der frischen Luft, und auch wohl daran, daß neben mir jemand auf den noch sonnenwarmen Steinen liegt, der mir sympathisch ist und der mit mir zusammen in die Sterne schaut.“

„Wissen denn wenigstens Sie, Rudolf, wovon ich reden will?“ fragte das Mädchen.

Pause.

„Riechen Sie das Fleisch am Feuer?“ fragte er.

„Und die Pilze“, sagte Franziska.

„Da drüben, wo der Himmel so hell ist, da liegt Wien“, sagte Bommi. „Wenn man genau schaut, kann man das Philipshaus sehen, dort ist die Spinnerin am Kreuz, und der helle Komplex mehr links ist der Küniglberg.“

„Und von dort“, sagte das Käthchen, „senden sie Abend für Abend ihre Liebesfilme, und wenn man dann fragt, was für einen persönlich davon abfällt, dann reden alle von Frischluft und gebratenem Fleisch.“

„Und vom Blick auf Wien“, sagte Bommi und stellte seine Kassettenanlage mit „Let's do it“ lauter. Mitsummend sagte das Käthchen: „Weißt du Mami, statt der öden Schule sollt' ich im Herbst zumindest nach New York fahren, damit endlich irgend etwas passiert mit mir. Müssen Sie nicht geschäftlich mal nach Amerika, Rudolf, für Freundinnen auf Geschäftsreise gibt die AUA doch halbe Preise, Broadway und so, ich würde gern mitfahren mit Ihnen, ich brauch' endlich einen starken Effekt, sonst welk' ich ab. Hier seh' ich zwar das Feuerl, riech' das Fleisch, seh' die Sterne, seh' den Bommi und Sie, Rudolf, ja, aber was spür' ich? Nix. Nur daß mir der Arm einschlaft, auf dem Sie liegen.“

„Platz nehmen zum zweiten Dinner, please“, sagte Bommi, und „Rabin, hol die Servietten.“

„Sicher gibt es Liebe in vielen Variationen", sagte Rudi später, und „wer will noch süßen Senf?"

„Ich hab' Decken unten, wenn euch kalt wird", sagte Bommi, und „manchmal sitz' ich halbe Nächte hier heroben, wart' auf das rote und grüne Zwinkern der Flugzeuge, dort drüben ist nämlich Schwechat, gut war das Fleisch, nicht, und unter uns da ist Mödling, links euer Enzersdorf, und rechts am Horizont, das Hellste da, noch heller als Baden, das ist Wiener Neustadt."

„Eine Form der Liebe habe ich begriffen, als ich als junger Mann einmal meinen Onkel Rudolf in Graz besucht hab'. Er war in seinem Atelier mit dem großen Fenster, um ihn nix als Bilder, Paletten, Farbtuben und Stellagen, er malte an einer schwertdurchbohrten Maria und fragte mich ganz nebenbei, warum ich zu ihm gekommen wär', und ich sagte, wohl vor allem, um überhaupt etwas zu sagen, daß ich mir von ihm was zum Lesen hätt' holen wollen, und da gab er mir das Buch, das er dort zwischen zwei Farbtüchern liegen hatte, und in dem er wohl selbst gerade gelesen hatte, und sagte, lies das, das ist einer, der hatte für die Leute mehr Liebe als für sich selbst. Und das ist, sagte er, überhaupt das Größte."

„Neenee", sagte das Käthchen, „also diese Liebe interessiert mich herzlich wenig."

„Es ist das letzte Buch eines alten Mannes, sagte er, sehr irdisch und einfach, weit weg von aller Eitelkeit ..."

„Da ist wieder ein Flugzeug", sagte Bommi, aber da niemand aufsah, ließ er seine Verkehrshinweise, und weiß Gott, woher das Zeug kam, und weiß der Teufel, wohin es flog. Bommi streckte sich aus und verdaute. Rabin hatte die Servietten gebracht und war wieder verschwunden.

„Und was war das nun für ein Buch?“ fragte das Käthchen.

„Der Stechlin von Fontane.“

„Und was hat die Geschichte mit der Liebe zu tun, die ich meine? Nix.“

„O doch. Es ist die Geschichte von einem weisen alten Mann und seinem unbedeutenden Sohn, der sich für nichts entscheiden kann.“

„Und der soll uns interessieren, der unbedeutende Sohn?“ fragte das Käthchen.

„Der kann sich einfach nicht entscheiden“, sagte Rudi.

„Eine blöde Geschichte“, sagte das Käthchen.

„Ach, findest du?“ sagte Franziska.

Kaum war das Käthchen am nächsten Morgen wie üblich ohne Frühstück und mit der mütterlichen Ermahnung „Willst du dir nicht wenigstens einmal mir zuliebe ordentliche Zöpfe machen“ im Schulbus, läutete es. Franziska konnte sich überhaupt nicht vorstellen, wer das denn sein konnte so früh am Morgen. Sie hantierte gerade in der Küche mit der Milchkanne, als sie sich selbst „Ja, aber sicher“ sagen hörte, da Rudis Stimme durch den Sprechapparat fragte, ob ein „Übernachtiger und schwer Betrunkener“ in diesem mildtätigen Haus einen Morgenkaffee bekommen könnte. Franziska war zwar noch im Nachthemd, hatte aber einen rostroten Morgenmantel darüber, dessen Gürtel sie jetzt enger zog und über der rechten Hüfte festzurrte.

„Wir war’n dann doch noch in einigen Lokalitäten, und jetzt hat der Bommi mich da beim Herausfahrn abgesetzt und ist heim auf seinen Turm."

„Und sonst geht's ihm gut?" fragte Franziska noch in der Küche und goß den dampfenden Kaffee aus der verchromten Maschine in eine Silberkanne.

„O ja, er ist ebenfalls vollkommen betrunken und haltlos eifersüchtig." Rudi mußte grinsen. Er war endlich mit sich im reinen. Nur unrasiert war er. Was immer sich also aus diesem Frühstück entwickeln sollte, die „Liebe am Vormittag" würde erheblich kratzen. „Schaun Sie", sagte er und trug das Brotkörberl, das sie ihm in die Hand gedrückt hatte, voraus ins Zimmer, „es hilft Ihnen nichts, immer nur davonzulaufen. Sie bilden sich zwar ein, jetzt habe sich mit jedem neuen Teufelsabenteuer die Welt wieder total verändert, aber was ist denn dabei schon anders, gut, jeder schaut ein bißl unterschiedlich aus, der Bommi hat schwarze Haare, der Paul Friedrich rote, und ich hab' blonde Strähnen, aber das sind doch immer nur andere Masken, immer andere Kostüme, von mir aus auch andere Wohnungen, Tuchenten und Badezimmer, aber alles Eigentliche bleibt sich doch gleich, oder?!"

Sie biß in ihre Semmel. So früh am Morgen war ihr ein so ernstes Examen doch nicht so angenehm. Etwas war sicher richtig, dieses Herumfliegen, nachdem ihr Mann abgehauen war, von Badezimmer zu Badezimmer, das kam ihr selbst langsam lächerlich vor.

„Ich weiß schon", sagte er und bestrich sich immer munterer nun schon die zweite Semmelhälfte mit dieser sonnenhellen, süßsauren Quittenmarmelade, „daß Sie überall Ihren Mann suchen, aber der ist unauffindbar, und eine Zeitlang ist das sicher auch ganz amüsant, dieses immer wieder Hinausfliegen aus aller Enge, dieses Unstete, Schwebende, das federt und tanzt, das steigt und fällt, sicher, sicher, das wirbelt Sehnsüchte durcheinand', spielerisch, das ist diese Lust im Schneegestöber, das Schwerelose, Transparente, Unirdische, ich hab' Sie gut beobachtet letzthin im Auto, wie ich so narrisch g'fahrn bin, und wie Sie ganz benommen und beinah glücklich war'n über das irre Tempo, über die Kurvenschneiderei und die Raserei eini in die kleinen Gasseln von Perchtoldsdorf!"

„Ja", sagte sie da plötzlich, „das mag ich wirklich, diese atemberaubende Schnelligkeit im Auto, diese radikale Unsicherheit, diese Möglichkeit, daß was reißt oder bricht und wir rausfliegen in der Kurve wie ein Federball, und dann ganz frei sind momentelang, ganz schwerelos, glücklich oben in der Luft!"

„Ma hat glatt das Gefühl, sie wärn im Prater aufgewachsen und das uneheliche Kind von einem Ringelspielbesitzer."

„Dort bin ich auch gern", sagte sie.

„Das hab' ich schon begriffen damals im Auto, daß Sie das mögen, aber, geliebte Tochter der Luft, eine Zeitlang sind diese erotischen Drahtseilakte ja sicher amüsant und attraktiv, dieses Reifenwerfen und Polsterschmeißen, aber auf ewig kann das doch nicht so weitergehen, oder?"

„Ach, Sie sollten mich nicht immer so schulmeistern", sagte sie und fühlte doch, wie ihr plötzlich heiß wurde, „ich bin halt noch nicht so weit, daß ich schon wieder alles in Kauf nehm', bloß weil irgendeiner der hohen Herrn sich wieder einmal freundlich herablassend mit mir beschäftigt."

„Ein nettes Nachthemd ist das", sagte er, weil ihr vor Empörung der Morgenmantel doch etwas auseinandergefallen war, und „ich schlag' Ihnen was vor", sagte er, „wir gehn jetzt hinauf, lieben uns ein bißl, dann schlaf' ich mich aus, und dann redn wir uns zam."

„Das geht heut nicht", sagte sie.

„Aber das geht doch auf sehr viele Arten", sagte er.

„Und außerdem will ich nicht", sagte sie, „ich mag keine unrasierten Männer."

Lange Pause. Sie sahen einander ruhig und aufmerksam an.

„Sie sind wirklich ein eigenartiges Frauenzimmer", sagte er dann, „aber zu lernen haben S' doch noch viel, und ich weiß nicht, ob sich ein halbwegs Vernünftiger die Arbeit machen wird, wenn er weiß, daß Sie immer nach ein paar Wochen Anlernzeit gleich wieder kündigen."

„So", sagte sie, und da er plötzlich mit einem Ruck aufgestanden war, stand sie auch auf, und da er zur Tür ging, folgte sie ihm. Dort blieb er stehen, gab ihr überraschend einen Kuß auf die Wange, ging aber dann.

Sie blieb etwas verdutzt stehen, rief ihm noch nach: „Die Quittenmarmelade ist von dem Strauch im Garten, der im Frühling so gelb geblüht hat", aber das war wohl sinnlos, denn er war schon weg. So rieb sie sich nur die von seinem Bart etwas gekitzelte Wange und dachte sich, nett isser ja, und daß er sich so ernsthaft mit ihren Schwierigkeiten beschäftigte, das sprach sicher auch für ihn, und möglicherweise hatte er ja auch recht, daß sie immer noch jemanden suchte, der so war wie ihr Mann, und daß sie instinktiv nicht aufhörte, doch noch einmal den Körper zu finden, der ihr so vertraut war wie ihr eigener und an den sie sich eben sosehr gewöhnt hatte, daß sie nur mit dem einen offensichtlich ruhig einschlafen und aufwachen konnte.

Ein Anruf vom Verlag riß sie aus ihren aufsteigenden Tränen. Wenigstens das Geld würde heute überwiesen, auf das sie wartete, entnahm sie dem eiligen Anruf. Und wann die nächsten hundert Seiten kämen. Sie nannte schnell einen Termin, von dem sie allerdings jetzt schon wußte, daß sie ihn nicht würde halten können, dann gab sie sich einen Ruck, legte auf, ging mit dem mittlerweile wieder kalten Kaffee in die Küche und wärmte ihn dort, um noch einmal, und nun in Ruhe, zu frühstücken. Denn das war ihr klar, ein ordentliches Leben konnte man erst nach einem ordentlichen Frühstück beginnen.

Aber dazu kam es nicht. Nach einem wilden Geklingel wankte das Käthchen käsebleich herein.

„Mamiiii, mir ist sooooo schlecht!"

„Siehst du", sagte Franziska, „das kommt davon, weil du immer überall dabeisein willst und jeden Tag woanders hinsaust, Kino, Eis, Freundin, Konditorei, und nachts noch auf den Turm – wenn der Mensch keine Ruh' gibt, braucht er sich nicht wundern, wenn's ihn umschmeißt."

Nachdem das Käthchen aber schnell und kräftig gekotzt hatte, ging es ihr bald wieder besser, und als ihr Schulfreund Harald gegen eins anrief, konnte sie schon wieder mit ganzer Hingabe bis zehn vor zwei mit ihm telefonieren, dann aber sagte sie zu ihrer Mutter nur: „Aus isses, endgültig, der geht doch jeden Tag mit einer andern."

„Waaaaas?" fragte die Mutter, aber sie bekam keine Antwort, die Türe war schon zugeflogen, und das gerade noch todkranke Käthchen war schon wieder unterwegs ins Mödlinger Kino.

Vorbereitungen für die Landtagswahl

Seine Frau war dagegen, sein Sohn hatte ihm abgeraten, und auch sein Bruder Rudolf hatte nur gesagt, zur Politik müsse man entweder sehr begabt sein oder sehr dumm. Und beides treffe ja auf ihn nicht zu, also sollte er es lassen. Trotzdem hatte der Alte aber die Herren Kurz und Neupauer, den Oberlehrer also und den Ortsvorsteher, zumindest angehört. Auch Kienast war dazugekommen, sagte aber, wie üblich, nichts. Nun saßen sie zu viert im oberen Salon am Niklasberg und versuchten die großen Ängste der Zivilisation dingfest zu machen.

„Die Leut' erwarten sich nämlich alle unheimlich viel von uns", sagte Oberlehrer Kurz mit mühsam gezügelter Aufregung, „aber in der Realität passiert dann in den vier Jahren nach der Wahl immer unheimlich wenig. Und die ganzen Konzepte und Büdabroschüan", sagte er nun schon wesentlich lauter und derber, „wos wir da von Wien aussa geliefert kriagn, des intressiert do die Leit da üwahaupt net, sozusagen, Datenbanken hams do drin in die Zentralen, owa wos unsere Leit do heraußen brauchn is ka Datenbank, sozusagen, sondern a Söbstvatraun, dosses a wirklich wissen, mir san a wer do haraußn, a Identifikation mitn eigenen Ort, sozusagen, a wenna jetz zur Großgemeinde ghert, a gonza naia Wind miaßat hea, und Sie, Herr Thaya, Sie san da anzige, der die Begeisterungsfähigkeit hot, sozusagen,

Ihnen hean die Leit zua, weils olle merken, Sie hom wos zum Sogn, sozusagen, und folglich miassn Sie auf die Liste, do brauch ma an Beschluß."

„Jo", sagte der Ortsvorsteher, „do miassat ma mit olle Obmänner reden und die miaßaten in Wean a onständige Reihung durchsetzen, an gesicherten Listenplotz. Owa den kriagt nur ana, vun den sa si Stimmen erhoffn."

„Deswegen", sagte der Oberlehrer, „des Fest in Weikertschlag. Achthundert Jahre sind eine stolze Zahl. Fahnen, Musik, a guats Essen, und do miassen donn Sie, Herr Thaya, die Festrede holten, und mir olle klatschen und jubeln, mir sowieso, und die ondan weil s' mitgrissen wern, und mir, der Burgamasta und der Bezirkshauptmonn, mir loden den Herrn Landeshauptmonn ein, und der hat eh vü zum Sogn bei der endgültigen Listn, und der is dann begeistert, weil er miterlebt durt, daß Sie ein Mann des Volkes san, wie er, und daß Sie a historische Perspektive ah no ham, die er wieder net hot, und die Basis san mir, und donn a Protokoll und dann gehts scho. Der mocht des donn schon, weil die ganz genau wissen, daß die Verbindung zur Basis eh langsom, owa sicher vaschwimmt. Das wissen die ganz genau. Die suachen jetzt eh Aufputzer, suachen Leit, die wos gegen den Trend, den Trend der Bevormundung und der Bürokratisierung auftreten kennen, die ka Konto in Liechtenstein hom und die holt wos wissen vun die großen Zusammenhänge."

„Jo", sagte der Ortsvorsteher, „soi des a Feier im Freien sein? Am Marktplatz? Marschiert der Kameradschaftsbund? D' Feierwehr?"

„Olle wern marschiern", sagte der Oberlehrer,

„und Sie erzöhn sozusagen von die Grenzkriege von vor ochthundert Joa, und des isses, bitte sehr, endlich ana, der den Leiten do an Sinn gibt, sozusagen, fir ihre Existenz do heroben, des brauchens, Beispiele aus der Geschichte, Heldentaten sozusagen, die begeistern, die müßt ma em auch heutzutag den Leuten wieder zumuten, oder wos tua ma, wenn da Ruß kummt? Nix? Olles, wos leer is, wird fad. Des is wie bei an Glasl. Bindungen miaß ma aufzeigen, Zusammenhänge, warum do net olle wegrennan kennan. Wer hot denn die Burgen do baut? Wer hot denn die Kirchen do baut? Unsere Vorväter sozusagen. Und wer hot die Bruckn do baut? Unsere Vorfahren. Und die neue Bruckn? Mir. Und die neuen Schulen? Mir. Und die neuen Silos? Mir. Die Leit miassen a neie Identifikation mit der Gegend, mit da Geschichte und mit eana söba finden, und damit auch mit uns, sozusagen. Wir sind hier weder vereinsamt noch isoliert, mir kean zam. Wir wissen, wo ma san und wos ma wollen. Nämlich erst amol gwinnen, sozusagen, net woar?“

Auch Kienast sagte: „Also bessa ana von uns do ois ana von Wean.“

Daß nämlich die Sozialisten bei allen letzten Wahlen zahlenmäßig immer stärker geworden waren, wußten alle. Und Thaya war nun die Geheimwaffe. Denn nur er war für seine Getreuen die Verkörperung der „alten Tugenden“ in Verbindung mit einer „heutigen Ausdrucksweise“. Die Verkörperung des Begriffes „Ein Mann, ein Wort“. Eben jemand, der mit einer einzigen Idee wie „Sechstausend Jahre Ackerbau an der Thaya“ den Leuten hier mehr Freude gemacht hat und mit der dazugehörigen

Ausstellung der Ackerbauwerkzeuge aus der Steinzeit mehr zur Selbstfindung der Bauern beigetragen hat, und damit mehr zu ihrem Selbstbewußtsein, als alle Pfarrer und Sekretäre seit vierunddreißig. Einfälle brauchte die Partei. Und „800 Jahre Weikertschlag" war nun der nächste. Schlag auf Schlag. Wie damals unter Herzog Leopold dem Fünften. Oberlehrer Kurz sah siegessicher in die Zukunft.

„Wir organisieren kulturelle Wandertage", sagte er, „Bilder-Ausstellungen von lebenden Künstlern aus der Gegend im alten Rathaussaal, Wettanzen, allerhand Dichterlesungen und Preisfischen – und wenn wir dann durch Sie und Ihre Persönlichkeit, sozusagen, auch noch alle Zweitwohnsitzler da heraußen zur Wahl bringen, miaßt ma noamol gwinnen. Statistisch gesehen."

Vorher sollte der alte Thaya in einigen Wirtshäusern der Gegend wie zufällig auftauchen und halt was trinken mit den Leuten, und der Ortsvorsteher Neupauer machte sich erbötig, sowohl in der Käsegenossenschaft Waldkirchen wie auch im Ferkelverein Raabs, aber besonders im Vorstand der hiesigen Raiffeisenkasse dafür zu werben, daß alle, im Verein mit den Obmännern aller Freiwilligen Feuerwehren rundum, den Vorschlag des Parteifreundes Oberlehrer Kurz unterstützen, daß der allseits bekannte und beliebte Gutsbesitzer und Heimatforscher Franz Thaya von der Landesparteileitung für die nächste Landtagswahl einen günstigen Listenplatz zugeteilt bekommen sollte. So könne die Partei zeigen, daß sie alles das, „was er für uns alle verkörpert", in Zukunft mehr als bisher fördern wolle. Herzliche Grüße im Namen der Obenerwähnten, Neupauer, Ortsvorsteher, der sowieso schon lang fürchtet, daß die Sozi auch bei uns heroben demnächst einmal gewinnen, und dann ist sowohl der Milchgroschen wie auch der Ferkelpreis endgültig im Eck. Und was Sozialismus heißt, das könnte jeder Bauer ja leicht sich über der Grenze drüben anschauen, aber davor schütze uns der Herrgott, Amen.

Die „Traube", der größte Gasthof von Weikertschlag, liegt direkt am Marktplatz. Von hier aus kann man links das Haus sehen, das bis zur Gemeindezusammenlegung mit Raabs vor wenigen Jahren das Rathaus des Marktes Weikertschlag war. Es steht frei am Platz, wie früher üblich in alten Märkten und Städten. Daneben sieht man, als Beginn einer kleinen Grünanlage, den Giebisch-Felsen, der einen Erinnerungstext an den nur hier bekannten Heimatdichter Giebisch trägt, rechts davon steht der mannshohe mittelalterliche Pranger, und daneben dösen im Schatten einiger Kastanien mehrere ehemals bunte Bänke um einen Pfosten mit einem leicht verbeulten, aber leeren Abfallkübel.

Wenn man vor der „Traube" steht, sieht man sofort, warum der Gasthof so heißt, ein Jugendstilplastiker, man sagt hier, einer aus Wean, der hier auf Sommerfrische war, hat, statt zu bezahlen, die Fläche über dem Eingangstor mit einem überlebensgroßen, traubenbehängten, langhaarigen Mädchenkopf geschmückt.

Rechts kann man in die normale Gaststube treten, links aber ins Extrastüberl, das mit einem karierten Plastikfußboden und Holzeinlegebildern aus der Wachau ganz speziell ausgestattet ist.

An dem einen langen Tisch im Extrastüberl saßen nun an diesem sonnigen Julitag die Honoratioren von Weikertschlag und Umgebung und berieten, wer die Festmesse am Marktplatz lesen sollte, was man dem Landeshauptmann und den andern als Festessen vorsetzen sollte, und ob bei der prunkvollen Einfahrt Esel oder Pferde seiner Würde angemessener wären. Nach längerer Beratung entschied man sich für Esel, Zwiebelrostbraten und einen Prior aus Wien, der ein geborener Weikertschläger ist. Einstimmig wurde, dank emsiger Vorarbeiten, der Vorschlag des Oberlehrers Kurz angenommen, daß der alte Thaya die Festrede halten sollte. Auch ein Fernsehteam habe sich angemeldet. Einige Sätze für die Sendung würde der Bürgermeister selbst vorbereiten, und dazu also noch drei Zwiebelrostbraten extra für die Presse, rechnete der Bürgermeister auf einer Serviette, Strich, insgesamt hundertzweiundachzig Portionen.

Der Rest der Unterhaltung drehte sich nun vorwiegend ums Erntewetter und die Tatsache, daß der Jägerverein das Fest durch die Errichtung einer Hubertus-Kapelle, mit einem lebensgroßen draufgemalten Hirsch, besonders künstlerisch gestalten wolle. Auch dieser Beschluß erfolgte einstimmig. Alle waren zufrieden, und die Wirtin verdiente schon im Laufe dieses Abends wesentlich mehr als sonst. Große Gedanken machen eben großen Durst.

Auch der alte Thaya trank mehr als sonst. Wenn schon sein Sohn nicht auf ihn hören wollte, so gedachte er doch nun wenigstens seinen Nachbarn und all den Politikern seine wesentlichsten Erfahrungen und Erkenntnisse in kurzen, faßbaren Sätzen mitzuteilen, daß nämlich Glück nur durch Tugend erreichbar sei und daß Tugend bedeute, persönliche Entscheidungen im richtigen Moment gegen alle Trägheit und gegen alles Unrecht durchzusetzen, auch als einzelner, immer noch, gegen jede mathematische Mehrheit und so weiter und so weiter. Das gedachte er ihnen demnächst zu sagen.

Er wollte ihnen nicht erzählen, daß die wirklichen Paradiese jene sind, die man verloren hat und die man nie mehr betreten kann, so sehr man sich auch bemüht, eher schon darüber wollte er etwas sagen, daß man zu den Quellen nur gegen den Strom vordringen kann, aber vor allem, warum eine zu plötzliche und unvorbereitete Annäherung der Völker an der Grenze auch ein Gemetzel in Schußweite ergeben kann, kurz, dachte er noch, der bessere Teil der Tapferkeit ist die Vorsicht, das schlechteste Rad macht den meisten Lärm, und wer sich allzu grün macht, den fressen die Ziegen.

Allmählich war der Alte aber eingeschlafen und schwamm nun in seinen Träumen als kleiner Junge selig unter den Zweigen der Weiden am Fluß, in denen das Sonnenlicht sich spiegelte und an einem wehenden Altweibersommerteppich wob – und dann verwirrte er sich endgültig bei dem Gedanken, daß, wenn man nicht weiß, wohin man will, man doch am allerweitesten kommt in der Welt.

Und nun war der große Tag da. Nach einigen Regentagen war es nun, wie erhofft, ein strahlender Morgen, und leichter Wind blähte die rotweißroten und gelbblauen Fahnen, die vom alten Rathaus und von allen, jawohl, von allen Häusern rund um den

Marktplatz wehten. Alle Häuser, jawohl, alle Häuser bis auf eines, das typischerweise einem Wiener gehört, waren aus diesem historischen Anlaß der alten Landerwerbung renoviert worden, zwar alle in einem ähnlichen Gelbgrau, aber schon allein wegen des strahlenden Wetters erschien allen alles prachtvoll.

Der Bürgermeister war mit den Eseln dem Landeshauptmann entgegengefahren, der Vize organisierte die Aufstellung von Altartisch, Blumenschmuck und Stuhlreihen, die Feuerwehrmänner in Reih und Glied schwitzten schon jetzt unter ihren blitzenden Blechhelmen, die Kameradschaftsgreise hielten sich an exponierter Stelle an ihren goldbestickten Ehrenfahnen fest, klapperten hörbar mit ihren Eisernen Kreuzen und Gefrierfleischorden und hatten in ihren Trachtenanzügen und mit ihren rundum fesch heruntergedrückten Hutkrempen einen Hauch von Uniform an sich.

Die Musikkapelle bezog links ihren Platz, und ein Waldhornbläser übte noch schnell „Großer Gott, wir loben dich", denn das spielten sie sonst nie. Zwischendurch bekleckten die Kinder ihre weißen Hemden mit Schokoladeeis, der Eismann machte an diesem Tag das beste Geschäft dieses Sommers, und als die ersten Ehrengäste ankamen, Offiziere des Bundesheeres, grüßten die alten Kameraden stramm und ohne Lächeln. Der in der weiten Uniform sei bei den Panzern, flüsterte das Postfräulein, und der in den engen Hosen sei von den Rangern. Die schwarzen Gemeinderäte kamen einzeln und in Steireranzügen, die roten Gemeinderäte kamen geschlossen und in schwarzen Anzügen. Besonders festlich wirkte die hohe Geistlichkeit in ihren weiten Kutten. Mit Trompetenstößen und Trommelwirbel wurde das Nahen des Landesfürsten gemeldet, und mit lautem Jubel und frenetischem Klatschen wurde der Erwartete freudig begrüßt. Mit den Eseln hatten die Weikertschläger zur Einholung des Landesfürsten auch zwölf verkleidete Kreuzritter geschickt, die nun die Herren zu ihren Plätzen führten und sich dann rund um den Altar gruppierten, wo einem Schildträger, der aus Vorfreude schon die ganze Nacht gesoffen hatte, in der Sonnenhitze alsbald grün vor den Augen wurde. Bürgermeister und Vize aber sprangen gemeinsam vor und führten den Ritter in den Schatten. Der bisher hinter ihm postierte Held übernahm, ohne mit der Wimper zu zucken, Schild und Speer des Gefallenen.

Das Gejohle des Volkes hatte sich gelegt. Die gnädigen Hände hatten nun aufgehört rundum zu schwenken, der Landesfürst saß, gebadet im Wohlwollen des Volkes, zufrieden auf seinem Ehrenstuhl, und die Blicke der Staunenden fielen erst wieder auf ihn, als er als erster vortrat, um zur Kommunion zu gehen. Er tat dies sehr demütig, aber fest und männlichen Schrittes. Ein Vorbild. Und wußte wohl, was er tat.

Viele folgten ihm. Auf den Ehrenstühlen sitzen blieben nur die ebenfalls schon schwitzenden sozialistischen Gemeinderäte und das stramme Militär.

Nach den verschiedenen Vorbereitungsreden nahte alsbald der Höhepunkt. Der alte Thaya ging zum Pult und redete, redete, redete, verfing sich erst kurz, verhedderte sich dann etwas mehr, wühlte sich weiter, begann frei zu assoziieren, hantelte von Begriff zu Begriff und war so darauf konzentriert, wenigstens selbst aus seinen Worten irgendeinen Sinn herauszubekommen, daß er den wachsenden Lärm rundherum gar nicht mehr wahrnahm.

Erst stupsten sich nur die Kinder, dann aber fingen auch die Feuerwehrleute an, sich über die Hitze zu beklagen, die Frauen betratschten schließlich immer lauter das Aussehen der anderen Frauen, und die Ehrengäste begannen die Festschrift durchzublättern und einander auf die Bilder hinzuweisen.

Als ein gleichmäßiger Lärmpegel rund um den Platz erreicht war, begannen die Musiker ihre Instrumente zu stimmen, und während der alte Thaya immer noch hilflos zwischen den Jahrhunderten hin und her schwamm, stand plötzlich der Bürgermeister auf, ging zum Mikrophon, dankte abrupt dem Redner und bat, nach einer plötzlichen Stille, die wie ein lähmendes Entsetzen rund um den Marktplatz schlich, den Landeshauptmann, die Uraufführung des für diesen Festtag komponierten Marsches „Weikertschlag, oh du mein Weikertschlag" höchstpersönlich zu dirigieren. Da auch dieser Marsch klang wie alle Märsche dieser Art, gefiel er allen sehr gut, und in einem lang anhaltenden Beifall entlud sich das Staunen über die Tatsache, daß der Landesfürst diese Uraufführung nicht nur ohne eine einzige Probe dirigiert hatte, sondern daß er dem einen Riesenhornbläser plötzlich höchstpersönlich das Instrument abgenommen und höchstpersönlich einfach mitgeblasen hatte. Er tat das allerdings sichtlich oft, denn er hatte höchstpersönlich ein eigenes Mundstück dafür eingesteckt.

Der alte Thaya stand derweilen immer noch benommen am Rednerpult, klatschte dann auch, als alle klatschten, und da sich nun alles auflöste, ging auch er in die „Traube“, wo, wie besprochen, oben im ersten Stock im speziell dafür renovierten Theatersaal im Angesicht der extra für diesen Tag neu angeschafften Vorhänge, der Zwiebelrostbraten aufgetragen wurde.

Sein Tischnachbar war Oberlehrer Kurz, und nach dem ersten kühlen Bier seufzte der tief. Der alte Thaya erkannte ihn erst jetzt und „War's furchtbar?“ fragte er, und da Kurz nur nickte, sagte der Alte dann noch: „Na ja, das Tröstliche ist, daß ich eben immer schon ein entschiedener Nichtredner gewesen bin. Insofern ist alles in Ordnung.“

Der Nachbar Kienast, der in der Aufregung vergessen hatte, sein Wechselkennzeichen von seinem Wald- und Wiesenwagen abzumontieren und auf seinen neuen Volvo aufzuschrauben, brachte den alten Thaya dann noch nach Hause, ohne daß einer der Herren bemerkte, daß sie ohne Kennzeichen fuhren. Hinten im Fond saßen der Ortsvorsteher Neupauer und der Oberlehrer Kurz. Alle vier sprachen während der ganzen siebenundzwanzig Kurven kein Wort. Und keiner der drei Männer hat jene ominöse „Landesliste“ in Anwesenheit des alten Herrn je wieder erwähnt. Nur nachdem die Sozialisten dann später die bewußte Wahl gerade im Viertel ober dem Manhartsberg mit einem besseren Ergebnis beenden hatten können als je zuvor, sagte Oberlehrer Kurz während einer Gemeinderatssitzung zum Ortsvorsteher Neupauer: „War eh vorauszusagen, aber bei uns nehmen s' halt alleweil die falschen Leut'. Das ham s' jetzt davon."

Daß es sich hiebei um eine Wahl gehandelt hatte, bei der vor allem die wachsende Zahl der bäuerlichen Pendler sich als Stimmenzuwachs bei der anderen Partei ausgewirkt habe, wurde ihnen zwar von der Landesleitung sofort nach der Wahl schon mitgeteilt, hat ihre Meinung über die ganze Entwicklung aber keineswegs verändert.

Der alte Thaya mußte nach diesem scheußlichen Tag seines öffentlichen Verkalkungsbeweises öfter als sonst an seinen Sohn denken. Der hatte ihm zum Abschied noch gesagt, sosehr man einen Hintern auch schminkt, ein Gesicht würde das doch nie, und der hatte damit ja nun wohl recht behalten. Aber vielleicht wär's überhaupt besser, man ließe prinzipiell die Hunde an die Rednerpulte und nähme dafür die Politiker an die Leine.

Aber all diese wirren Gedanken sagte der alte Thaya niemandem mehr, er erheiterte sich nur selbst an solchen Phantasien und beschloß dann ernsthaft, in Zukunft überhaupt nur mehr das Nötigste mit anderen zu reden. Er hatte gerade noch genug Kraft, diesen Entschluß wirklich durchzuhalten. Der Zeitgeist, sagte er zu sich selbst, äußere sich ja ohnedies überall laut genug, was müsse er selbst da noch viel reden.

Je klarer ihm das wurde, desto umständlicher begann der alte Thaya sich nun zu verbergen. Je lauter die anderen sich in den Gasthäusern über ihn unterhielten, desto stiller wurde er. Und auch wenn er doch noch irgendwo in der Öffentlichkeit erschien, beim Raffetseder in Raabs auf ein Vierterl oder am Sonntag in der Kirche auf zwei Vaterunser, so verbarg zwar eine leichte Vorbeugung, eine alle beeindruckende Würde der Haltung alle Mängel des Geistes, aber er selbst wußte nur zu genau, was es geschlagen hatte.

Es fielen ihm zum Beispiel die Namen der meisten Leute überhaupt nicht mehr ein. Obwohl er dann immer wieder das Alphabet durchging, Buchstaben für Buchstaben, vom A und B bis zum F und zum G, damit ihm beim H dann doch vielleicht der Hofstätter einfiel und bei N dann der Neuwirth, obwohl er also dann doch noch etliche nach einiger Mühe benennen konnte, so wußte er doch, besser würde das nie mehr werden. Das war nun endgültig der Anfang des vergeblichen Kampfes gegen das Versinken im großen Sumpf.

„Hofstätter", sagte er dann, „jeder Anfang ist schwer, besonders aber der Anfang vom Ende. Und zerscht is' man jung, und dann is' man alt, aber die Jahre dazwischen, die gehn einfach zu schnell vorbei, und grad an den Gesichtern, mit denen man schon in der Volksschul' zam war, grad an denen sieht man, wie alt man selber geworden ist, Prost, Hofstätter, alter Fraind, lang sollst leben, aber es wird eh nicht mehr so lang sein."

Und dann sank er wieder stumm in sich zusammen.

An so einem Nachmittag setzte er sich dann in seinen Lehnstuhl im oberen Eckzimmer, sah dem Wind zu, wie er die schlanken, hellen Zweige am Fluß unten bog und mit einer einsamen Rauchfahne Abfangen spielte, die er einmal hochhob über die sonnigen

Dächer des Dorfes und dann wieder plötzlich niederdrückte in die schattigen Höfe hinein, horchte einem kurzen, schrillen Piepsen einer Amsel auf dem sommerlichen Kastanienbaum nach, und dann auch dem von ihm so geliebten auf- und abschwellenden Rauschen des Wehrs. Je nach dem Drehen des Windes hörte man das Wasser nämlich lauter oder leiser sich hinunterstürzen.

Und da er auch gerade die kleine Kienast unten mit dem Rad über die Brücke sausen sah, begann er seinen Brief nach Wien mit ihr:

„Mein lieber Sohn! Die kleine Kienast ist wieder gesund. Sie ist die ganze Freude ihrer Eltern. Aber auch für uns wäre es sehr schön, wenn Du wieder einmal herauskämst. Die Sache mit Deiner Verehelichung scheint ja sehr ins Stocken geraten zu sein. Ist die Affäre denn wirklich explicit zu End'? Und das, bevor wir noch das Vergnügen hatten, unsere spezielle Sicht in den Entscheidungsprozeß einzubringen? Könntest Du nicht ein gemeinsames Treffen mit der in Frage Gezogenen ermöglichen? Das heißt dann noch lange nichts in rebus illis, aber es bringt doch eine breitere Basis für eine Entscheidung, die Dir ja offensichtlich im Einzelkampf, wie wir das damals an der Universität genannt haben, nicht leichtzufallen scheint.

Ein Freund von mir, der dann in Spanien zwar nicht gefallen, aber leider an einer dieser modischen Krankheiten völlig unsinnigerweise verreckt ist, der sagte damals oft, als wir in diesem Stadium der Irrungen und Wirrungen uns befanden und er gerade Medizin studierte, bei uns sei das alles ja überhaupt nur Einbildung, der einzige, der wirklich nicht ohne

Frauen leben könne, sei er, er würde nämlich Frauenarzt.

Aber bei Dir ist das doch anders, weil es hier nicht um ein vorübergehendes Ereignis sich handeln soll, sondern um ein möglichst dauerhaftes Zusammenleben von zwei erwachsenen Menschen. Grundsätzlich möchte ich Dir aber gerade deswegen eine Anregung geben, zu der ich Dich bitte, baldmöglichst Stellung zu nehmen, denn zweifellos gibt es bei besagter Dame achtsam zu respektierende Grenzen im Umgang, aber einfach zu warten, bis sie oder Dich die grande amour überfällt, das grenzt an Geisterglauben. Mit der großen Liebe ist es nämlich wie mit der Riesenschlange von Loch Ness, alle tratschen drüber, aber wirklich gesehen hat sie eigentlich niemand. Ich denke, Du hast mich verstanden.

Deine spärlichen Nachrichten vom Kriegsschauplatz festigen in mir nämlich die Erkenntnis, daß Du offensichtlich nicht, wie ich bisher annahm, zu wenig Achtung vor dem Weibe hast, sondern offensichtlich zuviel. Aber das ist der einzige Punkt, in dem sich Männer und Frauen immer einig gewesen sind, daß sie nämlich vor Frauen im allgemeinen nicht gleich vor Ehrfurcht auf die Knie fallen, als wären es höhere Wesen. Ich könnte Dir, wenn Du willst, einen Aufsatz meines alten Lehrers Fontanelle in den Akademieberichten schicken, in dem er nachweist, in kritischen Fällen tötet zwar eine Französin ihre Rivalin, eine Sizilianerin ihren Geliebten, eine Spanierin ihre Rivalin und ihren Geliebten, eine Deutsche versucht erst einmal sich selbst zu töten, eine Wienerin löst lächelnd die Verlobung, aber alle zusammen werfen sich immer stillschweigend und so schnell wie möglich einem Neuen an den Hals.

Obwohl das, wie ich auch selbst bemerke, nun so einfach und verkürzt hingeschrieben nicht sehr tiefsinnig klingt, ist all dies aber doch wissenschaftlich belegt, und ich möchte meine instruciones artis amandi nun auch nicht ohne den Hinweis beenden, daß es nicht nur eine Liebe auf den ersten Blick gibt, sondern auch eine Liebe auf die erste Berührung. Den lateinischen Fachausdruck habe ich allerdings nicht mehr parat, aber er hat etwas mit dem militärischen Begriff der „direkten Fühlungnahme“ zu tun.

Mit einer gewissen Befriedigung wirst Du, wie ich annehme, erfahren haben, wie kläglich Dein Vater bei dem Fest in Weikertschlag in den selbsterzeugten Wellen untergegangen ist. Ich erspare Dir die genaue Schilderung meiner Indispositionen und der damit nahtlos zusammenhängenden exorbitanten Blamage, aber nach meinem Ermessen hat es so einen öffentlichen Reinfall seit Menschengedenken hier nicht mehr gegeben, aber, wie gesagt, ich will Dich damit nicht langweilen und weise in einem kleinen Nebensatz nur noch darauf hin, daß Dein von mir sehr geschätzter Kollege Hellmuth W. die Stellung bei LR Jungwirth mittlerweile tatsächlich angetreten hat und, wie mir mein Freund August W. aus Graz mitteilt, dort auch sofort eine exzellente Figur macht. Da der Vater früher einmal Verwalter der Fürst Lanckoronskischen (?) Güter in Mähren war, ist diese Nachricht auch gar nicht verwunderlich.

Von mir selbst ist sonst nur zu berichten, daß mir beim Schreiben immer mehr Fehler unterlaufen, viele bemerke ich, manche, wie Du sicher sehen wirst, leider nicht, ansonsten versuche ich, mich mehr und mehr auf mich selbst zurückzuziehen, und ich beschäftige mich in Wahrheit tatsächlich lieber mit Briefen und Büchern als mit all denen, die hier vorbeikommen und doch nur Geschäfte machen wollen mit mir. Deiner Mutter geht es gut, und aus der Bundesparteileitung höre ich über Dich übrigens auch nur das Beste, aber vergiß bitte nicht, die Exzellenz zu grüßen, wer weiß, ob alles weiter so bleibt, wie es ist, und verbleibe ich hiemit in einer gewissen Erleichterung wegen der verhauten Geschicht' mit dem Landtag und in einer gewissen Erwartung Deiner Klarstellung in rebus amoris in treuer Liebe und Zuneigung Dein alter Vater Franz."

Dienstreise nach Prag

An einem dieser Sonntage kam der junge Thaya wieder einmal auf einen Kaffee in Enzersdorf vorbei und erzählte der freundlich abwartenden Franziska unter dem schützenden Dach der mächtigen Blutbuche von einer demnächst bevorstehenden Reise nach Prag. Der Minister habe nämlich durchblicken lassen, daß er ihn, trotz aller Differenzen, mit seiner persönlichen Vertretung bei einem internationalen Kongreß an der Moldau beauftragen werde.

„Als ich damals für den Verlag dort war“, sagte Franziska, „hab’ ich auch einen der vom Regime ‚verachteten‘ Autoren besucht, oben am Hradschin im Salm-Salm-Palais. Wir standen in dem großen Eckzimmer und sahen auf Prag runter, da sagte er: ‚Hier bleib’ ich ewig, unter mir die Schweizer Botschaft, an der Tür vier verschiedene Schlösser, was soll mir passieren, da zieht garantiert noch eher der Novotný da drüben aus als ich hier.‘ – Er meinte den Staatspräsidenten. Und jetzt ist weder der Novotný mehr am Hradschin noch mein Bekannter im Salm-Salm.“

Pause.

„Freilich, jemand wie Sie, der sich von den Herrn der Regierung dort einladen läßt, darf nach denen im dunkeln nicht fragen.“

Rudolf sah den Stamm eines Baumes entlang und in die sich verästelnden Zweige der Krone hinauf.

Das war's wieder. Er war eben nicht er selbst, sondern nur ein Angestellter, und diesen Stock hielt sie ihm immer wieder in die Speichen. Das Käthchen spürte das auch, ging naserümpfend wieder Klavier spielen und fand, daß die Mutti da wirklich etwas grob gewesen war.

Viel zu unangenehm direkt. Das Käthchen, das doch bisher selbst solche Sachen gerne sagte, fand das alles jetzt entsetzlich peinlich, so „aus dem Ton", ja sie bekam sogar nachträglich noch echte Tränen in die Augen, aber ohne daß die andern beiden diese Kindertragödie bemerkten, bekam sie ihre Gefühle durch etwas Beethoven doch wieder in den Griff. Beethoven paßte wirklich immer.

Außerdem kam Bommi. Fragte hier und fragte da, bekam aber von niemandem auch nur eine Andeutung darüber, was hier vorgefallen war. Das Käthchen fand er ernster als sonst, Franziska etwas aggressiver, und der junge Thaya wirkte auf ihn zerstreut, redete von „Engagement sei eben eine Sache der Möglichkeiten" und „Protestieren hat wohl zweifellos nur so lange Sinn, so lange man mit Protesten auch etwas erreicht".

Bommi verstand „Bahnhof", pfiff sich also sehr bald sein Abfahrtssignal, nahm, da Franziska nicht wollte, das Käthchen am Arm und fuhr trotz aller Radarfallen, rasant wie immer, selten unter hundertdreißig, über Laxenburg nach Schwechat zum „Internationalen Tennisturnier", das nur deswegen „international" genannt wurde, weil dort sowohl Mitglieder der Regierung wie auch führende Männer der Opposition, besonders des Wirtschaftsbundes, ungeniert Doppel miteinander spielten. Das Käthchen und Bommi spielten zwar nicht, aber allein das Herumflanieren zwischen den Plätzen gab Bommi das angenehme Flair des Bedeutenden.

Als Franziska und Rudi endlich wieder allein waren, sagte er: „Ich habe mich entschlossen zu heiraten, und sehr gerne dich, aber ich weiß, daß du dir da nicht sicher bist."

Pause.

„Ja", sagte sie dann, „so ist es wohl."

„In so einer Situation kann ich dich aber auch nicht gut um die Hand deiner Tochter bitten, oder?"

„Ernsthaft?" fragte Franziska.

„Das geht mir abends so manchmal durch den Kopf, ja", sagte er dann, „aber ich ruf' euch an, wenn ich aus Prag wieder zurück bin, Servus."

„Du wart einmal", sagte sie, aber schneller, als er es eigentlich auch selbst gewollt hatte, war er schon draußen und raste mit seinem alten Ford die Autobahn nach Gieshübel hinauf, wo man ungefährdet den Bleifuß aufs Gas legen konnte, weil nach der Neueröffnung dort noch sehr wenig Verkehr war.

Zwei Tage später wurde der alte Thaya aus seiner Laube herauf zum Telefon gerufen, und nach einigen Verständigungsschwierigkeiten hörte er seinen Sohn so klar, als spräche er im Nebenzimmer.

„Ja, Vater, ja, ich sitze hier in einer verschlossenen Plastikkabine im Internationalen Pressezentrum in Prag. Es ist ein Kongreß hier. Ja, sehr ehrenvoll für mich. Sogar zwei Minister haben sich schon bemüht. Überall Fahnen und Bücklinge. Eine enorme Höflichkeit, die wir bei uns gar nicht mehr gewöhnt sind. Alles ist immer vorbereitet, alles ist bezahlt, alle Kellner sind informiert, und alle Chauffeure warten bis tief in die Nacht. Du ... glücklich ist nicht der richtige Ausdruck, ich versuche einfach, Figur zu machen. Absolviere meine Auftritte genauso, wie ich es in Wien besprochen habe. Spontaneität wär' hier sicher unangebracht und würde wohl nur verwirren. Den immer wiederkehrenden Trinkspruch auf die tschechisch-österreichische Freundschaft habe ich höflich zu erwidern, und das tue ich auch. Erfreulicherweise sprechen alle wichtigen Leute deutsch, ja der Generalsekretär ist sogar ein geborener Wiener, und auch einer seiner Assistenten ist ein Altkommunist aus Guntramsdorf. Apropos Guntramsdorf, von Enzersdorf hab' ich mich, wie du dir sicher denken kannst, gar nicht leicht getrennt. Auch das erzähl' ich dir, wenn wir wieder mehr Zeit haben. Weißt du, daß ich ganz tief über Niklasberg geflogen bin? Hell und gelb lag's in der Sonne, und die Thaya hat geglitzert im Moment des Drüberfliegens, von oben sieht die abrasierte Grenze wirklich sehr exakt und ordentlich aus. So richtig wie Hände an der Hosennaht. Donnerstag flieg' ich zurück, da könntest du hinaufschauen, grüße Mutter, alles Gute, Servus."

Ja, dachte sich der Alte, wird ja doch noch mal was aus dem Buben. Wenn auch ganz was anderes, als er gewollt hatte.

Gleich rief er noch Oberlehrer Kurz an, der war jedoch nicht zu Hause, und da auch seine Frau nicht da war, sondern unten im Dorf, ging der alte Thaya also wieder in seine Laube, wo er aber nicht seine

Zeitung wieder aufnahm, sondern mit geschlossenen Augen lange in die Sonne sah. So könnte der Tod sein. So abgedreht die Maschine.

Er versuchte sich zu erinnern, wie er selbst noch klein gewesen war, in Zara am Meer, erinnerte sich an die kaiserlichen Kriegsschiffe, an die Studienzeit, an die Besuche beim Großvater hier heroben, und wie er seine Frau kennengelernt hatte, wie der Bub dann geboren und langsam größer geworden war – und jetzt saß der dort drüben bei einem Politzirkus im alten Konzerthaus zwischen dem Pulverturm und dem „Hotel de Paris“ und mimte österreichisches Realitätsverständnis.

Vielleicht taugte der Junge ja wirklich was. Überzeugt war der Vater zwar nicht, daß das einen Sinn hatte, diese ewige Herumfliegerei zu irgendwelchen Kongressen, aber irgendwie, es lag wohl auch an der seidigen Sonne, war der Alte in dem Augenblick doch stolz auf seinen Sohn und hätt' ihm auch ganz gern zugesehen bei seinen eloquenten Trinksprüchen in Prag, oder wär' mit ihm essen gegangen in den alten Speisesaal des „Hotel de Paris“. Ob das heute überhaupt noch so heißen durfte? Vielleicht hießt es jetzt Jalta? Oder Minsk? Oder Nischni-Nowgorod?

Das Kongreßgebäude war das berühmte Jugendstilkonzerthaus hinter dem Pulverturm. Wie immer mußte Rudi den drei Zerberussen trotz höchster Begleitung seine Legitimation zeigen. Auch beim Hinausgehen. Es war schon spät am Nachmittag, trotzdem wurde genau kontrolliert, aber die Vielzahl der Passanten erleichterte Rudis Trick, er ging nämlich nicht wie sonst immer mit seinen Begleitern nach links zum wartenden Auto, sondern plötzlich nach rechts, aber nicht die Straße entlang, sondern gleich durchs Café zurück, quer durch die Eingangshalle, aber diesmal links ins Restaurant, drüben raus und direkt zum „Hotel de Paris“, wo er ein Taxi nahm. Diese Absetztaktik klingt kompliziert, aber das Wichtigste dabei war nur das schnelle Hakenschlagen im Café und im Restaurant gewesen.

Rudi fuhr also allein zum Salm-Salm-Palais auf den Hradschin und dachte dabei an Franziska. Das Taxi war ein vornehmer Volvo, aus der Bundesrepublik Deutschland offensichtlich gerade erst importiert, und lauter deutsche Aufkleber ermunterten den grinsenden Besitzer „Fahr langsam“ und „Denk an Frau und Kind“.

„Ich fihre Sie fir dreißig Kronen, das is gute Preis. Brauchen Sie Kronen? Schwarz? Auch da mache ich Ihnen sehr gute Preis“, sagte der agile Kleinunternehmer.

Schon am Flugplatz hatten ihn Angestellte der Fluggesellschaft, zwei Kellner und auch ein Soldat dasselbe gefragt. Beim Soldaten, fiel ihm hinterher ein, war’s vielleicht eine Finte gewesen. Vielleicht bei allen? Der Taxler sagte: „Wissen Sie, ich fahr’ nämlich im Urlaub nach Kärnten drei Wochen, mit Zelt, und da brauch’ ich Devisen, aber die Dummkepfe hier haben ja nix.“

Rudi brauchte aber kein Geld, da er hier ja ohnedies ständig eingeladen war, zahlte jedoch das Taxi dann doch in Schillingen, weil er an die Campingpreise in Kärnten dachte. Der Taxler bremste plötzlich und sagte: „Haben Sie was dagegen, wenn wir diese Dame mitnehmen?“ Rudi hatte nichts dagegen. Also fuhren sie zu dritt auf den Hradschin. „Sie braucht nämlich auch Schillinge“, sagte der Fahrer, aber Rudi hatte schon etwas anderes vor. Er stieg am Hradschin-Platz aus, grad vor dem Erzbischöflichen Palais, ging über die Straße, tat so, als würde er zum Schweizer Konsulat im Salm-Salm-Palais wollen, ging dann jedoch in den zweiten Stock, aber natürlich wohnte der Herr, den er suchte, nicht mehr da.

„Laider, wissen Sie.“ Er erfuhr aber ganz zufällig von einem flüsternden Fremden im Stiegenhaus eine Adresse, wo er Freunde des Gesuchten vielleicht finden könnte. Also ging Rudi die Nerudagasse hinunter und fand jenseits des Marktplatzes, links, im Haus des theaterwissenschaftlichen Institutes, wie angegeben, unterm Dach eine Tür mit der Aufschrift „Čech“. Rudi läutete. Zweimal. Dreimal. Endlich rührte sich was. Ein etwa vierzigjähriger Mann mit freundlichen schrägen Augen öffnete ihm. Nach einigen tastenden Sätzen lud er Rudolf zum Abendessen ein.

„Aber nein, nein, nicht jeder, der hier sich was ausdenkt, muß gleich ins Gefängnis, nur der muß, der die Ergebnisse von diesem Denken vereffentlicht, dieser allerdings ist gefährdet. Wo vereffentlicht? No im Untergrund oder Schweiz oder Frankfurt, wissen Sie, wenn einer haitzutage auf Straße ruft: ‚Politbiro ist Ansammlung von Schwachkepfe‘, so wird er verurteilt, sicher, aber nicht wegen Beleidigung, sondern wegen Geheimnisverrat. Das ist Hauptproblem. Es ist nicht meglich, hier iba Sistem zu diskutieren. Aber Entwicklung, auch technische, ist doch dauernd in Bewegung, ja aber Sistem soll nicht sich bewegen? Gibt's ewig Ehl? Gibt's ewig Waxtum? Sistem hat gemacht allgemeine Birokratie, wo einzelner ist vollkommen Powidl und entmindnigt und entmutigt. Das ist Sistem in Praxis, was war einmal in Theorie Selbstverwirklichung von uns alle arme Hunde. Darum war ich Marxist, ich Čech, friher, große, echte und begeisterte Marxist, aber achtundsechzig in Kohlegebiet im Norden waren pletzlich russische Panzer und deitsche Sturmfahrzeige in der Nacht, mitten in der Nacht, in unsere Bezirk, und schreit mich einer an auf russisch, wo ist Militärflugplatz, weil muß sofort Flugplatz mit Panzer besetzen und weiß nicht, wo is'. Schreit mich an, wo ich war Kultur-Kommissär dort in dem Gebiet, und ich sag', aber wenn du nicht Gast bist da, dann sag' ich dir iberhaupt nix, und wenn du Gast bist, dann lern erst einmal Tschechisch und ein bissl Heflichkeit. Ich hab' ihm das gesagt auf tschechisch, weil auf russisch hätt' er nicht lassen fertig sagen – aber wer hat die denn geholt gehabt? Keiner von uns, und doch hat man dann gesagt, der Kulturverantwortliche war auch dabei, bei diese, wo sie geholt haben. Ich also. Aber ich habe nicht, das weiß ich doch. Und dann hätten wir russische Hymne spielen sollen. Aber alle in Bergarbeiter-Kapelle wollten das iberhaupt nicht. Haben pletzlich alle diese Noten einfach nicht mehr finden kennen. Und was war? Jetzt haben die Russen gesagt, wer ist schuld: der Kulturverantwortliche. Also wieder ich. Und weiß ich doch, daß ich nicht schuld war, genausowenig wie bei Einmarsch iberhaupt. Und da hab' ich angefangen nachzudenken genauer iba Sistem und habe begonnen aufzuschreiben Alternative: Nix soviel Staat und meglichst viel, wie jeder selber will, nix Waxtum nur immer von Kohle und Industrie, mehr Bildung fir alle Laite, aber meglichst so wie jeder selbst glaubt, daß vielleicht geht. Vielleicht klingt nicht sehr gescheit, besonders in Deitsch jetzt, aber so kennte es werden hier. Wissen Sie, und darum nix Ausreise und Flucht iwa Schwarzes Meer und so, nein, alle hierbleiben und arbeiten hier, jeden Tag, weil offizielle paar Männer kennen nicht aushalten das alles. Alle diese Offiziellen waren dreißig Jahre nur immer ohne alles Nachdenken iba ihnen befohlene Schritte des Fortschritts, aber Fortschritt geht nur, wenn jeder einzelne auch selber denkt, und diese sind nicht gewohnt zu denken seit dreißig Jahre, und längst haben diese alle Angst vorm Denken. Also werden andere kommen missen, unbedingt kommen missen, und dann wird besser."

„Und wenn man Sie davor verhaftet?" Rudolf zeigte auf die Bücher und Skripten, die in dem kleinen Raum herumlagen.

„Das ist alles Theatergeschichte", sagte Jan Čech, „hauptsächlich Barocktheater von Český Krumlov, und nur einige kleine Papiere von hier werden immer an Frainde zum Abschreiben weitergegeben. Aber wenn hier nicht mehr geht, dann geht woanders. Und auch wenn man findet, man weiß dann gar nicht, ob man will verhaften haitzutage wegen so was, und verurteilen, weil alle sind sich da auch nicht mehr so sicher, und macht sich Prozeß haitzutage vielleicht gar nicht mehr so bezahlt. Sieben Jahre verurteilt, dann aber doch schon nach drei Jahre wieder heraus, dann wieder Urteil, dann wieder heraus, wozu? Bloß weil man nachdenkt? Bloß weil man teilhat an geistige Entwicklung? Ist schon alles verboten, ja, aber wenn man vorsichtig ist und wenn man nicht absichtlich provoziert armselige Streitmacht, dann kommt nicht mehr so leicht Prozeß wie friher."

Rudolf wartete lang. Er hörte viel und sagte wenig. Vier Liter haben die beiden an dem Abend getrunken. Jan Čech mußte den andern stützen die Stiegen hinunter. Und auf der Straße auch noch, denn da sie kein Taxi fanden, mußten sie zu Fuß gehen. Aber die Nachtluft tat ihnen gut.

„Vielleicht komm' ich dich doch einmal besuchen hiniber", sagte der eine, und „Niklasberg findst ganz leicht", sagte der andere, „das liegt direkt an der Grenz'."

Weihnachtsabend an der Thaya

Schon am Tage seiner Rückkehr besuchte Rudolf Franziska in der Liechtensteinstraße.

„Na, was gibt's Neues bei den kleinen Tschechinnen?" sagte sie.

Rudolf erzählte von seinen Grenzgängen abseits der offiziellen Pfade.

„Ich hab' dich doch unterschätzt", sagte Franziska.

„Du hast mich immer wie einen netten Idioten behandelt, liebe Franziska", sagte Rudolf, „und das wird sich wohl auch nicht mehr ändern."

Sie küßte ihn. Und er sie. Und so ging das, bis das Käthchen kam.

Dieses tat aber so, als hätte es von nichts eine Ahnung und sagte nur: „Hallo, Herr Weltreisender, ich hab' es kaum erwarten können, daß du wieder da bist, du bist uns schrecklich abgegangen, das heißt, die Mami hat ja ihre Übersetzerei und tausend Freunderln, aber ich? Ich mag eigentlich nur dich."

„Zeigen", sagte Rudolf.

„Da vor der Mami geht das nicht", sagte das Käthchen, aber als die beiden daraufhin gemeinsam lachen mußten, drehte sie sich plötzlich um und lief hinaus. Wumm, flog die Tür zu, wumm, hörte man draußen noch eine.

„Wumm", sagte Franziska.

„Und die andere Geschichte", sagte er, „hast du dir was überlegt?"

„Ich bin noch dabei“, sagte sie, aber da klingelte das Telefon, und er mußte in die Stadt.

Später, als Rudolf schon einige Zeit wieder weg war, ging Franziska zu ihrer Tochter und setzte sich zu ihr ans Bett. Das Käthchen lag ganz zur Wand gedreht.

„Also was is'?“ sagte die Mutter.

Keine Antwort.

„Er hat uns eingeladen, ihn und seine Eltern einmal oben an der mährischen Thaya zu besuchen. Wär' das nicht nett?“

Keine Antwort.

„Ach Käthel“, sagte die Mutter, „mußt du denn immer so schwierig sein?“

„Ja“, sagte die, drehte sich plötzlich zu Franziska um und sagte nochmals: „Ja, Mami, ich fürchte, ja.“

Zufrieden, daß die Tochter wenigstens redete mit ihr, strich ihr die Mutter die Haare aus der Stirn.

In den nächsten Wochen war Rudolf in Brüssel und München, redete mit den Kollegen dort wie eh und je, machte dabei aber schon, was niemand außer ihm wußte, rundum seine Abschiedsbesuche.

Franziska wiederum konnte ihren Ablieferungstermin Ende November für die Übersetzung nun tatsächlich halten, das Käthchen verbiß sich wieder in ihre Lehrer und in deren „absurde Vorstellung von Erziehung“, und so kam es, daß man sich im Laufe des Herbstes überraschenderweise recht wenig sah. Einmal im Akademietheater, einmal in der „Alten Schmiede“, beidemale jedoch mit anderen, und beidemale eher scheu.

Nach einem Adventsbesuch in der Liechtensteinstraße, den Franziska organisiert hatte, rief Rudolf aber doch seine Mutter in Niklasberg an und teilte ihr mit, daß beide Damen zugesagt hätten, über die Weihnachtstage statt zum Schifahren nach Kitzbühel diesmal in den „Nordwald“ zu fahren mit der Absicht, dort „lange und gesunde Winterspaziergänge“ zu machen. Stiefel, Pelzmäntel, Schals und Wollmützen seien schon eingepackt.

Der große rote Triebwagen brachte den kurzen Zug ohne sichtbare Anstrengung bis zum Drosendorfer Puffer. Drosendorf ist Eisenbahnkopfstation und hat seiner Bedeutung gemäß ein zwar altmodisches, aber sehr gepflegtes Bahnhofsgebäude, das durch einen großen Ofen in der Vorstandskanzlei an diesem winterlichen Vierundzwanzigsten angenehm beheizt wurde. Fahrgäste verirrten sich an diesem Tag allerdings nur wenige bis Drosendorf.

Rudi ging auf die verschneiten Geleise hinaus. Da nur zwei Köpfe aus den Fenstern sahen, tat er sich leicht, er erkannte zuerst das Käthchen, und aus dem Vom-Waggon-heruntersteigen-Helfen wurde gleich eine übermütige, dickmäntelige Winterumarmung, dann kamen die Taschen und Koffer durchs Fenster, eine schnauzbärtige Reisebekanntschaft half, und endlich sprang auch Franziska von den hohen Waggontreppen herunter, ein bißchen vorsichtig, ein bißchen geschminkt, der Pelzkragen stand ihr gut.

Auf den Bärtigen zeigend, sagte Rudi schnell: „Ich mag Bärte, weil man von den Gesichtern weniger sieht.“ Alle lachten.

Nach der Verabschiedung vom Bahnhofsvorstand

fuhren sie eine Runde um den schönen Drosendorfer Marktplatz, auch an dem renovierten Hoyos-Schloß auf der Stadtseite vorbei, holten dann beim Schaffelhofer die zwei vorbereiteten Weihnachtskarpfen ab und kamen über die Grenzstraße, über Schaditz und den Wilhelmshof, nach Ziernreith. Anfangs hatten sie noch links und rechts die eingeschneiten Felder gesehen, dann die schwarzen Stämme und die weißen Waldwege, mittlerweile aber war es ganz dunkel, und so sahen sie von Niklasberg nur ein paar Lichter in der Nacht, den Kirchturm, das zugeschneite große Sonnentor und dann die kleine offene Pforte. Die Eltern standen in der Tür des Herrenhauses, und das erste, was Franziska in der unteren Halle auffiel, war der große Buschen Fichtengrün auf der mächtigen gotischen Truhe. Überall brannten Lichter, viele Kerzen auch, und als sich alle endlich aus den Mänteln geschält hatten, brachte gerade Nachbar Kienast den Weihnachtsbaum direkt aus dem Wald in die warme Halle.

„Des is' der, den Sie woitn", sagte er dem alten Thaya und schüttelte noch etwas Schnee aus den Zweigen.

„Und hier sind die Karpfen", sagte Rudi zu seiner Mutter.

„Mir sehn uns jo eh um ochte in der Kirchn", sagte Kienast, nickte irgendwie entschuldigend und ging auch gleich wieder, da er nicht recht wußte, wie er die fremden Damen hier in der Halle mit der Hacke in der Hand hätte begrüßen sollen.

Franziska beschloß kurzerhand, sich nun irgendwie in der Küche nützlich zu machen, und das Käthchen bekam den Auftrag, zusammen mit Rudi die

Krippe vom Boden zu holen. Da aber der große Stall samt Bethlehem im Hintergrund nicht nur verstaubt war, sondern bei genauerem Hinschauen auch schon recht abgeschabt, holte Rudolf auch gleich seine alten Schulfarben vom Boden, und die beiden malten dem Jesuskind den Ochsen und den Esel neu, vergoldeten die drei Könige, den Engel mit der Trompete und gleich auch den ganzen himmlischen Glorienschein.

Als sie fertig waren, stellten sie oben im Salon den Baum auf, darunter im schützenden Dunkel der Zweige das neubemalte Bethlehem samt allen Figuren, und schmückten dann mit von Rudis Mutter braungebackenen Lebkuchensternen den noch ganz nach Wald und Schnee duftenden Baum. Gelbe Kerzen und weiße spanische Windbäckerei ergänzten das heidnisch-christliche Kunstwerk.

Das Käthchen hatte schon „schrecklichen Hunger", aber der alte Thaya sagte, als er die roten Äpfel für den Baum brachte, früher hätten sie den ganzen Vierundzwanzigsten überhaupt gar nichts gegessen. Beim letzten Brotbacken vor Weihnachten hätten zwar die alten Frauen die Überbleibsel des Teiges zu einem speziellen kleinen Laib Brot zusammengescharrt, und das wär' dann das erste gewesen, was am Heiligen Abend gegessen worden wär', aber auch das nur vom Vieh, beim Einräuchern, wenn der Bauer mit dem Weihrauchkessel durch Haus und Stall gegangen wär', nach dem Abendläuten, dann hätten immer zuerst die Viecher dieses Brot zu fressen bekommen. Und die „Rauhkörner" dazu. Das sei so ein Gemisch von Samen der verschiedensten Früchte gewesen, die alle auf den Feldern im nächsten Jahr gut gedeihen hätten sollen. Das hatte man jedenfalls dabei geglaubt.

„Und gab's dann wenigstens am nächsten Tag die Karpfen?" fragte das Käthchen.

„Immer Fisch, ja", sagte der Alte, „und Mohnstriezel. Den Striezel, weil der wohl an das Wickelkind, das Jesuskind, erinnert, und den Mohn, weil der Mohn schon immer ein Sinnbild der Fruchtbarkeit gewesen ist. Das war er ja schon bei den Germanen. Mohn und Nüsse. Drum bringt ja auch der Nikolaus heute immer noch so viele Nüsse. Früher haben wir aber nicht zu Silvester, sondern schon am Christtag alle zusammen von einem Schweinerüssel gegessen, weil auch der Schweinerüssel ein germanisches Glückssymbol war. Die Germanen haben an ihrem Julfest ja immer einen weißen Eber geröstet, dessen Borschten sie vorher vergoldet hatten. Der letzte Rest dieses Brauches ist heute das goldene Stanniolpapier um die weißen Marzipanschweinderln in unseren Konditoreien."

„Mein Gott, hab' ich einen Hunger", sagte das Käthchen.

„In den Rauhnächten jetzt sausen deswegen immer noch so viele Eber ohne Kopf durch die Luft, da müssen S' recht aufpassen und den Kopf einziehen. Außerdem gibt's rote Läuse bei uns, Truden, Hexen und Irrwische."

„Hexen?" fragte das Käthchen.

„Wenn S' mir das nicht glauben, brauchen S' nur heute die blühenden Barbarazweige, die unten in der Küche stehen, in die Mette mitnehmen, dann können S' die Hexen in der Kirche sehen, wie sie dort herumsitzen mit dem Rücken zum Altar."

„Echt?“ fragte das Käthchen.

„Müssen S’ nur nach dem letzten Segen schnell draußen sein, sonst werden S’ von den Hexen noch in der Kirchen zerrissen.“

Das Käthchen sah erst den alten und dann den jungen Thaya sehr skeptisch an, aber auch der Sohn nickte ganz ernst und beschäftigte sich weiter mit den verpickten Kerzenhaltern, an denen noch die scharfen Nadeln des Vorjahrs klebten.

„Wissen Sie“, sagte der Alte dann, „ein Großvater ist eben ein Kind, das schon sehr viel erlebt hat.“

Der alte Thaya hatte keine Zeit mehr, sich alles genau zu überlegen, der geplante Besuch seiner Schwiegertochter war nicht nur überraschend schnell Wirklichkeit geworden, sondern ehe er es sich noch irgendwie anders hatte einrichten können, saß er nun schon allein mit ihr beim warmen Ofen und wußte eigentlich absolut nicht, wie er alles das sagen sollte, was er ihr alles hatte sagen wollen, über die Ehe, die Kinder und das Leben überhaupt. Mit der Kleinen zu reden war ihm vom ersten Augenblick an nicht schwergefallen, aber mit ihrer Mutter war es sichtlich schwieriger.

„Mir hat mein Mann damals zum Abschied mitgeteilt“, sagte Franziska und hielt die heiße Teetasse mit beiden Händen so, als wollte sie sich die Handflächen damit wärmen, „wenn ich schon dauernd Abwechslung bräuchte, dann sollte ich mir gleich einen Boxer nehmen, der säh’ nach jeder Runde anders aus.“

„Wie alt ist sie eigentlich“, dachte sich der Alte, „und warum wirklich ist ihr erster Mann damals verschwunden? Die Boxergeschichte hat sie doch sicher nur erfunden, um bloß nicht darüber ernsthaft reden zu müssen. Sollte ich sie nicht einfach fragen nach dem Grund der Katastrophe damals? Andererseits, was soll sie schon viel antworten, entweder hatte der genug von ihr, oder er hatte halt zuwenig, was anderes gibt's ja wohl nicht."

„Aber das hat sich doch sowieso schon überall herumgesprochen, Frauen, die man länger behalten will, nimmt man heutzutage am besten gleich second hand", sagte Franziska und lächelte nachsichtig, weil sie ihm seine Gedanken so genau von der Nasenspitze ablesen konnte, „gebrannte Kinder sind beim zweiten Mal viel vorsichtiger und vor allem auch viel nachsichtiger", sagte sie und dachte sich dabei, daß Männer bei Frauen doch immer zuerst ans Alter und dann gleich an andere Männer denken müssen. Aber trotzdem gefiel ihr Rudis Vater gerade deshalb, weil er wenigstens kein Gogolores darum machte, sondern ihr sichtlich ungeschützt gegenübersaß und offenbar nichts anderes von ihr wollte als die Zusicherung und möglichst gleich den Beweis, daß sie nett sein wollte zu seinem Sohn und daß der alte Besitz da heraußen später einmal nicht ewig leerstehen sollte. Aber wie sollte sie ihm das sagen, daß sie eine Frau war, die ohne den leise distanzierten Lärm der Großstadt weder leben konnte noch auch leben wollte. Als Sommerhaus ja, aber ewig hier heraußen am Rand der eisigen Tundra? Nee, das nich.

„Ich hab' ja schon viel von Ihnen gehört", sagte er und dachte sich sofort, erstens ist das eigentlich überhaupt nicht wahr, und zweitens, klingt das jetzt doch arg nach Vorwurf, sehr nach „Eigentlich hätten

Sie sich doch wirklich schon viel eher hier heraußen zeigen sollen", und unsicher senkte er den Kopf. Ihre Waden jedenfalls gefielen ihm, sie waren zwar etwas dick, aber doch durchaus das, was man in Horn sexy nannte.

„Was werden Sie schon gehört haben", sagte Franziska, „sicher, daß ich halt neben dem Rudi auch noch andere Freunde gehabt habe, das schimpft er ja immer unwirsch vor sich hin."

„Ja, das auch", sagte er und konnte sich gar nicht recht von ihren Waden trennen. „Birnenförmig", dachte er, „ja das war's, birnenförmig, aber doch auch wieder nicht ganz so schwer wie reife Birnen", ihm fiel die alte Schule ein, reife Birnen waren ja auch immer zu weich, nein, eher diese Keulen, die sie in der Schule früher als Muskelübung gräßlicherweise immer hatten schwingen müssen, die waren schlanker, keulenförmig, ja das war's, und das Braun der Strümpfe paßte da auch gut zu der Vorstellung.

„Und Sie", fragte Franziska, „Sie haben nie eine Freundin gehabt?"

„Doch", sagte er, „in Horn. Erika heißt sie. Aber es weiß sonst niemand was davon. Und das ist auch sicher gescheiter in so einem Fall, wenn ich mir erlauben darf, diesen Rat zu geben. Zu einer langjährigen glücklichen Ehe gehören zwar oft mehr als zwei Personen, aber merken darf's der Partner halt nicht, denn das kann schon schmerzen. Der Rudi war nämlich immer ein sehr gutes Kind, müssen Sie wissen, und, das kann man als Vater wohl sagen, es steckt auch noch einiges in ihm drin, was man bisher noch gar nicht so bemerkt hat in Wien."

„Oh, darauf müssen Sie mich gar nicht erst hinweisen, das hab' ich schon in meiner ersten Ehe begriffen", sagte da Franziska und lachte, „daß eine intelligente Frau sehr schnell lernt, ihren Mann auch ohne klar ersichtlichen Grund schrankenlos zu bewundern."

„Und doch ist es schiefgegangen bei Ihnen?" fragte der Alte und sah sie lange und sorgsam an. Was er redete mit ihr, war ihm eigentlich gar nicht so wichtig, das waren nur so plätschernde Sätze von irgendwoher, dünn, zufällig, äußerlich, ihm war nur wichtig, ob er ein gutes Gefühl bei ihr hatte oder nicht. Was war denn schon seine Affäre in Horn gegen all die Geschichten dieser Frau, die da vor ihm saß mit ihrem hellen, undurchsichtigen Gesicht. Das mußte man sich schon gut überlegen, wenn man sich einließ mit so jemandem. Einesteils war sie nämlich wohl bemitleidenswert mit ihrem ewigen Hin und Her, andererseits ist dieses „Immer-wieder-Erfolg-Haben" sicher auch etwas sehr Starkes und Schönes.

Franziska lachte nicht mehr, sondern sah ihn nun ihrerseits ruhig und direkt an, und ganz langsam trank sie dabei ihren heißen Zitronentee. Jetzt oder nie mußte sie eine Verbindung zu ihm kriegen, aber Worte waren da sichtlich keine Hilfe mehr.

„Na ja", dachte er im selben Moment, „schön ist sie ja, aber schließlich muß ja doch der Rudi mit ihr leben", und „Na so hol' ich ihn halt", sagte er laut. Aber im Augenblick seines plötzlichen Rückzugs hielt sie ihn schnell an der Hand zurück, und als er überrascht sitzen blieb, küßte sie seine Hand, schnell, kurz, nett, nebenbei, so als wär' gar nichts vorgefallen. Sanft stellte sie dann das Teehäferl weg und legte auch ihre andere Hand um die seine.

Dem alten Thaya wurde es warm ums Herz, und er sagte sich doch, diese hier ist keine Erika, Niklasberg ist nicht Horn, und äußerste Zurückhaltung war hier Pflicht, sonst war alles plötzlich ein Mißverständnis, denn heutzutage hießen solche Gesten wohl nur, jetzt sind wir zwei halt verwandt über eine dritte Person. Aber verdammt noch mal, das war aber doch auch recht schön, und mit einem Mal verschwanden die Wände, der Ofen, der Tee, und eine unendliche Frühlingslandschaft der Liebe umgab den alten Mann mitten im Winter. Zumindest empfand er das so.

Franziska dahingegen sah an den Fensterscheiben, daß es wieder zu schneien begonnen hatte, und das Schwerelose, Federnde, Tanzende, über das Rudi mit ihr im Sommer gesprochen hatte, traf genau ihr Gefühl. Transparent, unirdisch, zauberisch fiel der Schnee, und der Wind schob sich wirbelnd dazwischen, hob und senkte die Flocken, und hoch stiegen sie und sausten dann wieder ganz tief hinunter, Tochter der Luft hatte Rudi sie im Sommer genannt, und nur die Kristalle, die ans Fenster stießen, vergingen und lösten sich auf.

„Ich sollte Ihnen", sagte der Alte, der allein beim Ofen sitzen geblieben und ihr nicht zum Fenster gefolgt war, „vielleicht meine Steinzeitsammlung zeigen, die und der Fluß sind nämlich die eigentlichen Sehenswürdigkeiten in unserem einsamen Winkel hier." Rührend wie ein Kind versuchte er die Aufmerksamkeit und die Zuneigung der geliebten Person zurückzugewinnen. „Sie fürchten jetzt sicher, daß es sich hier um etwas ganz Steiniges und Langweiliges handelt, aber genaugenommen ist hier genau das Gegenteil der Fall. Sehen Sie, diese Werkzeuge da draußen in den Vitrinen", sagte er, „die finden wir hier auf unseren Feldern, ein kleines Flachbeil aus Serpentin hab' ich selbst da drüben am Waldrand aufgehoben, wo es sechstausend Jahre offenbar unberührt gelegen war, und sehen Sie, diese Ferne der Zeit und die Nähe des Fundortes in einem einzigen Fundstück vereinigt, diesem Flachbeil eben, das zudem farblich, blaugelb gestreift, sehr schön ist und auch sehr sorgsam gearbeitet, sehen Sie, das berührt mich, daß Heimatkunde in Momenten zugleich Weltgeschichte ist, daß auch wir ein Teil sind in einer großen Entwicklung, nicht isoliert, nicht allein, natürlich kann man das nur mit einer gewissen Ironie so formulieren, gerade auch die Erkenntnis, daß es eben auch einen ständigen Fortschritt geben muß, sonst müßten wir ja heut immer noch unseren Feinden mit diesen Steinbeilen hier gegenübertreten, sehen Sie, auch das ersieht man aus diesen Artefakten, dieses relativierende Prinzip, welches das Große und das Kleine, die Steinzeit und die Gegenwart, das Alte und das Neue verbindet. Jeder von uns muß, auch das sehe ich hieraus, für neue Begegnungen immer wieder offen sein, sensibel, aufnahmebereit, sehen Sie nur hier", sagte er und wagte es, Franziska ganz sanft seine Hand auf die Schulter zu legen, „das sind gemergelte Tonscherben der jüngeren Steinzeit, uneben, unrund, und hier aber schon graphitierte, viel eleganter, sichtlich bereits mit der Töpferscheibe hergestellte Keramikscherben der Illyrer, viel empfindsamer in den Verzierungen, geradezu sensibel, sehen Sie", sagte er, richtete sich wieder auf und sah

Franziska lächelnd an, „von den Kelten haben die Illyrer die Töpferscheibe übernommen, von den Römern den Straßenbau, sie haben sich nicht abgeschlossen, waren immer bereit zu lernen, und also wuchs ihre Kultur."

Die Glocke unten rief zur Mette, und so konnte der alte Thaya zu seiner großen Betrübnis das eigentliche Zentrum seiner Theorie, daß nämlich jede unsinnige Veränderung durch die sattsam bekannte falsche Wendigkeit des Modischen eben auch durchaus große Gefahren berge, nun gar nicht mehr in die Diskussion bringen, aber Franziska sah sofort seinen unversteckten Kummer und hatte auch gleich die krönende Idee, er möchte ihr doch am nächsten Tag, noch vor dem Frühstück und damit auch bei besserem Licht, eine ausführliche Darstellung geben dieses „großen Zusammenhanges" und der „segensreichen Pluralität der Dinge".

Der alte Thaya fühlte sich nun endgültig verstanden und rechnete Franziska fortan zu seiner Familie der Weltoffenen, Sensitiven, Undogmatischen, Ironischen, Substantiellen und Beweglichen. Franziska war sich dahingegen zwar nicht ganz sicher, ob es sich hier nur um Dorfschullehrer-Einfalt oder doch um Dorfschullehrer-Weisheit handelte, war sich aber unabhängig davon jetzt vollkommen klar, daß sie beide einander zumindest ziemlich sympathisch fanden.

Als sie in die kleine Niklasberger Kirche trat, schüttelte sie, Steinzeit hin oder her, vergnügt die vielen Schneeflocken von ihrer Norwegermütze und dachte, als sie dann niederkniete in der alten Betbank: „Mein Gott, gemütlich ist es da, wie lang ist es schon her, daß ich nicht mehr so glücklich war wie hier."

Und ganz ähnlich erging es auch dem alten Thaya, der sich so hinsetzte, daß er die Franziska, auf der Weiberseit'n drüben, die ganze heilige Handlung über immer gut im Blick hatte. Ja, sie gefiel ihm, das stand für ihn fest. Wenn das alles so weiterigng, dann war alles in Ordnung.

Nach der Mette, in der das Käthchen allerdings weder die Hexen noch den Pfarrer gesehen hatte, weil der riesige Christbaum mit all seinem silbernen Lametta so ungeschickt aufgestellt worden war, daß sie von ihrem Platz aus weder viel vom Altar noch viel vom Pfarrer zu sehen bekam, drängte sie sich schnell von der Frauenseite her durch die neugierigen Bauern zum Ausgang, erstens weil ihr saukalt war, man sah trotz der summenden Heizung den Atem in der Luft, zweitens wegen der Hexen, da konnte man ja doch nie wissen, und drittens weil sie so einen Hunger hatte, daß sie einfach nicht mehr warten konnte.

Der gekochte Karpfen war dann „Spitze", besonders durch den Salbei und das Basilikumblatt, die Salate waren überhaupt „himmlisch", und weil sie es ja nun wußte, aß sie auch dreimal Mohnstriezel danach.

Dann gingen sie alle hinauf, und der vorher von ihnen geschmückte Baum strahlte nun mit all seinen brennenden Kerzen tatsächlich in einem überirdischen Glanz in dem großen Raum.

Die Lieder, die der alte Thaya dann mit seiner Familie sang, kannte sie zwar fast alle nicht, aber da sie ihre Flöte mitgebracht hatte, konnte sie, nach Franziskas Aufforderung, doch auch etwas Musikalisches zum allgemeinen Weihnachtsgefühl beitragen. Und der heilige Josef samt Bethlehem und dem himmlischen Stern und Schweif strahlte hell in seinem renovierten Glanz.

Rudolf hatte das Käthchen an diesem Nachmittag immer wieder anschauen müssen. Und nicht nur wegen ihrem dicken Pullover. An sich hatte er ja bisher eher für Frauen Interesse gehabt, die etwa so waren wie er, erwachsen, ohne Illusionen, effektbewußt, und mit denen, wenn man wollte, ohne viel zu reden, alles klar war.

Mit dem Käthchen war das plötzlich irgendwie anders. Linkisch fast, und sich ihrer Wirkungen noch gar nicht so sicher, faszinierte sie ihn, gerade weil ihre Lieblichkeit noch so kindlich war. Die schmalen Schultern, die weiche Linie des Oberarms, der kleine Ellbogen und die bunten Malfinger, die farbverschmierte Stirn, aus der sie die herabfallenden Haare immer wieder hochblasen mußte, das alles rührte ihn.

Aber es bereitete ihm eben auch Vergnügen, sie bei der Krippe knien zu sehen, sich die genaue Form ihrer von einem Schottenrock halb verdeckten Knie vorzustellen, und wenn sie ihn wieder lachend auf ein ziemlich verhautes Schaf aufmerksam machte, dann bereitete es ihm Vergnügen, ohne was zu sagen, einfach ebenso zurückzulachen. Nachdem ihr aber letztendlich auch das Gesicht des heiligen Josef trotz aller Hingabe mißlungen war und der nun auch so aussah wie eines ihrer Schafe, schon allein deswegen, weil sie einen viel zu dicken Pinsel verwendete, brachte ihn ihre Hilflosigkeit, mit der sie ihm mitleidheischend, aber doch graziös, nämlich ganz weich und rund in der Bewegung, ihr neuestes Machwerk präsentierte, sehr schnell dazu, daß er sich ganz nah neben sie setzte und daß er, wie zufällig ganz eng über ihre Schulter gelehnt, nun seinerseits ihr die Hand führte, um der armen Holzfigur kurz vor dem Fest nun doch noch einen heiligen Gesichtsausdruck zu verpassen. Diese Nähe nutzte nun sie, um ihm schnell ihren Arm um die Schulter zu legen und um nun ihm mit Wasserfarbenblau die Lider nachzuziehen. Sie tat es langsam, wie etwas Verborgenes, Gefährliches, fast Magisches, und küßte ihn dann leicht auf den Mund. Sie waren ganz still. Nur die Äpfel zischten auf dem Ofen. Ihnen beiden war die Aufgabe übertragen worden, sich gegenseitig die Gesichter zu bemalen. Ihre Hand, die er an seiner Wange spürte, schien ihm ganz kühl, so heiß war ihm geworden bei dem Spiel.

„Siehst du", sagte sie, „jetzt siehst du auch so komisch aus wie der arme Josef", und, „hast du gelesen, daß sich in Amerika die Studenten gegenseitig den ganzen Körper bemalen?"

„Sicher", sagte er, „aber nicht am Weihnachtsabend", und schnell begann er sein Gesicht mit dem Malfetzen abzuwischen, weil er Franziskas weihnachtliche Stöckelschuhe auf der Treppe hörte.

Das erste, was Franziska am nächsten Morgen sah, waren die Eisblumen am Fenster, dann bemerkte sie auch hier den großen Fichtenbuschen im Zimmer, hörte das Holz knacken im Ofen, den irgend jemand schon angeheizt hatte, sah in der Ecke die sorgsam geschichteten Holzscheite, auf dem Tisch „Das Waldviertel“ und andere Bücher, die sie gestern abend bekommen hatte, und als sie sich wohlig nochmals umdrehte und die Decke über die Ohren zog, hatte sie nicht nur ein angenehmes, sondern auch ein immer noch festliches Gefühl.

Das Käthchen war schon an der Luft gewesen, kam nun mit Gepolter und roter Knopfnase ins Zimmer und sagte: „Oh, herrlicher Rauhreif, Mami, die Bäume sehen aus wie im Märchen, die Thaya unten ist ganz fest zugefroren, und die Kinder spielen Fangen auf Schlittschuhen, der Nachbar hat gestern zwei Grenzerhunde der Tschechen im Wald erschossen, und zu Mittag kommt sicher die Sonne raus. Leider ist kein Strom.“

Das sagte sich leicht. Aber natürlich ging nun an diesem Morgen weder die Wasserpumpe noch das Heizöfchen in der Badestube, weder das Licht im Keller und sonstwo, noch arbeiteten die Rasierapparate der Männer, kurz, das Improvisationstalent aller wurde wirklich gefordert. Aber letztendlich kam es doch zu einem ausgiebigen Frühstück, die Damen aus der Stadt versuchten aus sportlichen Gründen etwas Holz zu hacken in der Winterluft, zum Vormittagsspaziergang versammelte man sich dann schon bei strahlendem Sonnenschein bei der roten Glaskugel im vollkommen verschneiten Obstgarten, rutschte unter Gekicher und „Vorsicht“-Rufen den glatten Weg zur Thaya hinunter und schlitterte dann über die neue Brücke ins Dorf.

Hier traf man wieder den Nachbarn Kienast, den Ortsvorsteher Neupauer, den Wirt, der heute „Ausgang“ hatte, den Zöllner Amsmischl, der gerade zur „Grenz’ raus kontrollieren“ wollte, und einige andere, die alle freundlich und fest den Damen aus der Stadt die Hand drückten und dann mit dem alten Thaya an der Spitze auf der zugefrorenen Thaya in Richtung Grenze marschierten, „schaun wos da Tschech zu Weihnachten mocht“.

„Und das Eis trägt?“ fragte Franziska den alten Thaya.

„Wie Eisen“, sagte der und hätte sie am liebsten vor allen Leuten umarmt. Sie wußte das und lächelte zurück, hakte sich aber bei Rudi unter und lief mit ihm vor.

Die Städter hatten so einen Winterzauber ja überhaupt noch nie erlebt und konnten nicht umhin, sich und die andern immer wieder mit echter Freude auf die weißen Märchenbäume, auf die Muster im Eis unter ihren Füßen, auf das starrgoldene Schilf und überhaupt auf die prachtvoll winterliche Landschaft hinzuweisen. Die Sonne, die noch hin und wieder durchkam, tat noch das Ihre, es war wie Weihnachten, beziehungsweise es war ja Weihnachten, aber eben Weihnachten mit viel Schnee und viel Sonne, so, wie es früher einmal immer gewesen sein soll, als die Niklasberger am ersten Weihnachtstag ihre Verwandten in Pisling drüben, in Ranzern und Tiefenbach noch hatten besuchen können und dann mit vollen Bäuchen und singend abends wieder herübergekommen waren.

Das Käthchen hatte sich dann bei der kleinen Insel, wo Franziska sich eine Weidenrute abgebrochen hatte, in den linken Arm des jungen Thaya eingehängt, schützte die kleine rote Knopfnase mit einem dicken Norwegerschal und war sehr glücklich.

„Das gehört alles uns", sagte Rudi plötzlich, und beide sahen auf den Fluß, die weißen Bäume, die eingeschneiten Felder rechts, den Wald darüber, und die ersten Flocken fielen ihnen auf die Fellmützen. Das Anschlagen der Dorfhunde klang die Weiden entlang und kam als leises Blaffen aus dem Wald oben wieder heraus. Das Käthchen blieb mit ihrem Begleiter immer weiter zurück. Plötzlich zog sie ihn rechts durch das knisternde, blaßgelbe Schilf und durch die knackenden Weiden hoch und, ohne daß die andern etwas merkten, hantelten sich die beiden nun den steilen Waldabhang des Thayatales hinauf, bis sie oben auf der Kante einen Hochsitz fanden. Auch den erkletterten sie, und von dort konnten sie nun weit übers Land schauen, links im Süden sah der Silo von Weikertschlag über die weißen Felder, höher als der Kirchturm dort, am Horizont konnte man Raabs ahnen, und rechts sah man ins Mährische hinein bis zur weißen Kirche von Pisling. Schnee vereinigte das Gegensätzliche nicht nur in der Landschaft, denn wegen der Kälte eng an ihn gedrückt, sagte sie plötzlich: „Du, ich möchte deine Frau sein, Rudolf, einverstanden?"

Franziska hörte in der Zwischenzeit zum ersten Mal, was der Zöllner Amsmischl, der Ortsvorsteher Neupauer und der Nachbar Kienast schon hundertachtzigmal gehört hatten. „Da links oben am Klumetzberg, das ist slawisch und heißt ‚der kleine Hügel', da sind heute noch die Ruinen des Dorfes Glocknitz zu sehen", sagte nämlich grad der alte

Thaya, und „Glocknitz heißt ‚der Weißdornbach'. Und unlängst hat der Neffe meiner Frau einen Topf mit lauter Silbergulden dort gefunden. Hier an der Grenze, da haben s' eben oft alles vergraben müssen, weil die Hussiten alleweil gleich herüben waren mit Feuer und Mord."

„Schön ist der Wald", sagte Franziska.

„Du bist schön", dachte sich der alte Thaya, sagte aber: „Und da, wo der Einschnitt ist, da sind die Ruinenmauern der Albrechtskirche. Ist heute noch gut zu sehen, der ganze Grundriß, die Fundamentierung, recht saubere Arbeit. Aber nirgends gibt's einen Hinweis, wer sie wann gebaut hat, warum sie so heißt, alles ist da verbrannt und vernichtet. Grenzgebiet eben."

„Prima ist es da", sagte Franziska und versuchte etwas auf dem Eis zu schlittern.

„Und am Feld rechts, die Erhöhung, da soll einmal ein Nonnenkloster gestanden haben. Das alles hier gehörte nämlich lang zum Frauenkloster Pernegg bei Horn, und heut noch kommen beim Ackern Scherben und Steinmauern raus."

„Ja, ich merk's schon, Geheimnisse über Geheimnisse", sagte Franziska, „und was ist der Turm da vorn?"

„Das ist der Schußturm der Tschechen", sagte der alte Thaya, „und da ist die Grenz'. Er wird gleich rauskommen, der Genosse Scharfschütze, und uns anschaun mit seinem Feldstecher. Bitte schön, da kommt er schon. Endlich hat er was zum Schaun. Das muß ein Geschäft sein, so saukalt und fad."

„Grad zu Weihnachten auch", sagte Franziska und hatte Mitleid mit dem jungen Mann da oben und seinen abstehenden Ohren, die sie glaubte gegen den Winterhimmel erkennen zu können. Als sie sich nun lachend umsah, fehlte ihr plötzlich das Käthchen. Und Rudi fehlte auch. War es denen denn zu kalt geworden? Oder hatte er das Eis aufgeschlagen, um ihr das Fischen im Winter beizubringen? Jetzt fielen wieder Flocken, ein paar erst, dann aber fing es ganz plötzlich dicht zu schneien an.

„Jetzt wird's gleich nimmer so kalt sein“, sagte der alte Thaya, „Schnee wärmt.“

„Hoffentlich“, sagte Franziska und hatte plötzlich die Vorstellung, ihr Käthchen würde sich da irgendwo im tiefen Wald verirren und eingeschneit werden. Wenigstens war sie ja wohl nicht allein. „Mensch“, dachte Franziska, „und eifersüchtig bin ich jetzt auch noch.“

„Ja die Grenze“, sagte der Alte, „die macht da alles sehr ruhig.“

„Aber Rudi hat mir erzählt“, sagte Franziska, „wenn's irgendwo rumort in der Welt, in Warschau, Prag oder Berlin, dann wissen Sie's hier schon früher als die Herren in Wien, weil hier der Boden zittert, wenn die Panzer drüben ihre Runden drehen.“

„Ja, insofern sind wir hier tatsächlich eine Sehenswürdigkeit. Aber wenn's so weiterschneit, werden wir bald gar nichts mehr sehen. Dann wird's gefährlich hier, denn dann gibt der Genosse da oben Alarm, und dann rennen ihre Hund' am Gitter drüben entlang wie vor tausend Jahren die Wölf', hungrig und scharf. Vorgestern sind zwei irgendwie übern Zaun oder haben sich bei einem Grenzgang heraußen losgerissen, wie's halt passiert so, und ein Nachbar hatte sie plötzlich heulend beim Pirschgang vor sich, im Grenzwald da oben. Sie sind ihn nicht angefallen, aber sie hatten ihn gestellt. Er einen Schritt zurück, die Hund' einen Schritt vor, er zwei zurück, prompt die auch zwei wieder vor, und knurr, knurr, denn dazu sind die nämlich erzogen, die sollen nur Laut geben, wenn's wen gefunden haben. Eine üble Situation. Er hat nicht mehr gewußt, was tun, und hat s' dann halt dort erschossen."

„Man kriegt direkt Angst."

„Zeigen darf man die jedenfalls nicht. Wahrscheinlich wissen die drüben hait noch nicht, wo die Hund' sind. Der Nachbar hat s' nämlich einfach ins Auto g'haut und wegbracht, ohne viel zu reden."

Jetzt schneite es so dicht, daß man den tschechischen Schußturm nicht mehr erkennen konnte. Der Thaya nahm die Franziska am Arm, und ganz leicht an ihn gelehnt, stiefelte sie jetzt in die Gegenrichtung.

Der alte Thaya war glücklich, aber auch Franziska kam der Rückweg viel kürzer vor. Bei der Hälfte sah sie allerdings trotz des starken Schneetreibens zwei Spuren das Ufer rauf und über die Wiese zum Wald hinweisen, aber sie sagte nur: „Mist, jetzt gibt's auch noch Wind."

„Letztes Jahr zu Silvester", sagte der Thaya, „hat uns der Sturm alle Telefonleitungen zamghaut, und weil alles verweht war, sind wir tagelang vollkommen abgeschnittn gwesen, als wär'n wir irgendwo in Sibirien. Apropos Sibirien", sagte er jetzt etwas lauter, „darf ich die Herren zu einem ‚Jagatee' einladen zu mir hinauf?"

Was sie antworteten, konnte er nicht hören, so jaulte mittlerweile der Schneewind. Auch Franziska mußte ihren Mailänder Schal ganz hochziehen, ja mit einer Hand richtig festhalten, und ganz schmale Augen machen. Grau in grau lag nun die Landschaft, und fast waagrecht lagen die Flocken in der Luft. Der Gedanke an den heißen Tee aber ließ sie alle wacker vorwärts stiefeln.

Das Haus war warm bis unter die Dachziegel, und der Duft in der unteren und mittlerweile auch in der oberen Halle ließ ein angenehm gewürztes Abendessen erwarten.

Speziell der Salon roch nach dem würzigen „Jagatee", den man nach dem langen Spaziergang mit besonderem Vergnügen getrunken hatte, und das Holz im Ofen knackte, wie man es in der Stadt nur noch in alten Büchern las. Besonders aber die liebenswürdige Aufmerksamkeit des alten Thaya berührte Franziska.

Am späten Nachmittag war auch, trotz des immer noch andauernden Schneetreibens, sein Bruder Rudolf aus Graz die glatten Straßen zum Niklasberg heraufgekommen und hielt nun, ein bißchen altmodisch und pathetisch, aber doch auch sehr liebenswert, große Monologe über die Kunst und das Leben, weil Franziska doch wohl deswegen, meinte er, in die sibirische Einöd' da gekommen sei, damit sich die beiden Familien in Ruhe etwas „beschnuppern" konnten.

„Von mir selbst ist allerdings wenig zu erzählen", sagte er dann, „ich unterrichte im Winter Figur und Komposition in der Kunstgewerbeschule in Graz, im Sommer Figurale Malerei in der Akademie auf der Festung Hohensalzburg, und ansonsten mal' und zeichne ich halt zu meiner eigenen Freud'. Viele jüngere Maler in Graz halten mich für einen ganz erzreaktionären Schelm, aber das ist nicht richtig, gut, schon die Urgroßeltern hier waren keine arme Familie, und unser Vater war dann zeitweise einer der höchsten kaiserlichen Beamten in Dalmatien, aber gerade deswegen hatten wir Kinder alle die Res publica, den Staat, das Soziale, alle diese Grundbegriffe des Zusammenlebens, täglich präsent, und dieses soziale Engagement hab' ich auch mein ganzes Leben lang nicht verloren. Trotz meiner vielen Heiligenbilder. Oder vielleicht gerade deswegen, denn der katholische Neulandbund unserer Jugend, damals nach dem ersten Krieg, der ging ja weite Strecken mit der Arbeiterjugend gemeinsam, und wir standen deswegen in den zwanziger Jahren auch mehr und mehr im Gegensatz zur damaligen Amtskirche, weil wir eben vor allem im Alltag wirken wollten, in den Fabriken, bei den einfachen Leuten, wir mit unsern franziskanischen Idealen. Das Ursprüngliche, das Einfache haben wir zu erreichen versucht, und irgendwie ist es uns auch, wenigstens für uns selber, gelungen, mir beim Malen und meinem Bruder Franzi hier auf dem Niklasberg, wo er inmitten seiner Leute lebt wie der heilige Franziskus im verschneiten Wald. Ja, grad an diesem Jahreswechsel fällt mir das auf, wie vernünftig und einfach das Leben in so einem Dorf hier ist. Keine Hektik, keine Böller, statt dem Hin- und Herrasen von Einladung zu Einladung nur ein paar Spaziergänge im Wald, Rehe statt der Kellner und Hasen statt der Besoffenen, mir ist das hier wirklich viel lieber als der große Silvesterkrawall auf dem Stephansplatz oder sonstwo. Aber damals eben, nach dem ersten Krieg, da haben wir auch schon ganz bewußt auf alle „Annehmlichkeiten“ der städtischen Zivilisation verzichtet, das war schon eine ganz ähnliche Stadtfluchtbewegung, wie sie heute wieder modern wird. Wir haben uns ja damals auch überhaupt nicht nach irgendeiner französischen oder gar italienischen Mode gerichtet, sondern wir haben uns selber ganz einfache Fahrtenröcke genäht, so wie das heute in diesen Landkommunen wieder modern wird, mit eigener Wolle und eigenem Garn, denn gerade das Eigene, das war wichtig, und das absolute Zusammenstehen, das war überhaupt das Wichtigste. Die alten Neuländer halten ja auch heute noch zusammen wie Pech und Schwefel. Ich sage das auch gerade Ihnen, weil ich höre, liebe gnädige Frau, daß Ihre Tochter schon seit dem späten Vormittag im Schnee abgängig ist. Trösten Sie sich, die kommen schon wieder, der Junge kennt hier jeden Baum, und unsere Familie ist, liebe gnädige Frau, wie Sie ja aus meinen mühevollen Schilderungen hoffentlich schon erkannt haben werden, wirklich schon seit mehreren hundert Jahren ...“, jetzt stockte er, „ja was eigentlich?“ fragte er seinen Bruder.

„No existent jedenfalls“, sagte der, „trotz Eis und Schnee, und das ist ja schon viel, wenn man bedenkt, was alles manchmal schon nach wenigen Jahrzehnten nicht mehr existiert, wie zum Beispiel unser mächtiger Neulandbund von damals.“

„Oh, es gibt schon noch einige, o ja, aber eigentlich wollte ich sagen, war sicher auch dann, wenn ich für einen Freund etwas gemalt habe, der mittlerweile irgendwo Pfarrer geworden war, der wesentliche

Antrieb für meine Arbeit von Anfang an immer unser starkes Engagement im Sozialen. Drum haben wir auch jedes Blatt von der Kollwitz geliebt, besonders ihre Holzschnitte, diese kargen, ja fast ärmlichen Innenräume ... ein Bild von mir, das sehr unter dem Eindruck der Kollwitz entstanden ist und das ich immer noch bei mir in Graz hängen habe, weil es mir immer noch sehr lieb ist, das heißt *Der Tausch*, und da unsere zwei Wanderer immer noch nicht da sind, erzähl' ich Ihnen inzwischen etwas über das Bild, ja? Vielleicht lenkt Sie das ab, aber Sie brauchen wirklich keine Angst haben, wenn da was passiert wäre, hätt' sich der Rudi schon gemeldet, und wenn's wirklich unabsichtlich über die Grenz' hinüber wär'n, dann hätten wir schon einen Anruf von der tschechischen Botschaft in Wien, wann wir wo unsere Dollars für den Tausch deponieren wollen. – Nein, im Ernst, das Bild heißt wirlich *Der Tausch*, und eine Mutter sitzt da auf einem armseligen Bett, Sie müssen wissen, wir hatten damals eine sehr starke Arbeitslosigkeit in Österreich, auch Bürgerkrieg, aber das wissen Sie ja, jedenfalls sitzt die Mutter auf dem Rand ihres Bettes und hält zwischen den Knien ein kleines Kind. Ihr Blick geht ins Leere und ist überschattet von Sorge und Not, die so drückend sind, daß sie sich mit ihrem Kind nicht beschäftigen kann. Und das ist der Punkt. Das vor ihr stehende Kind reicht ihr mit beiden Händen sein Holzpferd hinauf, legt es an die Wange der Mutter, um diese aus ihrer sorgenvollen Abwesenheit zu befreien, es bietet der Mutter sein liebstes Speilzeug im Tausch gegen Zuneigung ... aber die Mutter kann nicht ... Verstehen Sie?“

„Ich würde das gerne sehen, das Bild“, sagte Franziska.

„Gut, ich werde es Ihnen zur Hochzeit schenken“, sagte der Onkel.

„Aber nein“, sagte Franziska.

„Aber ja“, sagte der Onkel, „denn erstens ist der Rudi mein Patenkind, zweitens sagen die Leute hier, was man sich derheirat, braucht man sich nicht derwirtschaften, und drittens glaub' ich, und das ist das Wichtigste, daß gute Bilder einen guten Einfluß haben auf die, die mit ihnen leben und sie immer wieder anschaun müssen, ob sie wollen oder nicht. Und viel mehr Gutes tun werd' ich eh nicht mehr können in dieser Welt. ‚Sie hom Ihr Söl a scho zwischen die Zähnt‘, hat mir unser alter Schuldiener unlängst gesagt, als wir beide die Stufen in der Kunstgewerbeschule nur mehr schnaufend hochkamen.“

Versonnen sah er diese fremde Frau an, von der sein Bruder ihm gesagt hatte, daß sie bald verwandt sein würde mit ihnen.

Da er sie aber eine lange Zeit so versunken ansah, Haltung und Ausdruck ungeniert studierte, Maße und Winkel, Härte und Milde des Gesichts, Rücksichtslosigkeit und Anmut, kam Franziska sich doch etwas komisch vor und sagte zum alten Thaya: „Sehen Sie doch, Ihr Bruder ist traurig an unserm schönen Fest.“

„Ja“, sagte der alte Thaya, „so war er immer, bei aller Liebenswürdigkeit ist er im Grunde traurig und plötzlich so in Gedanken, daß er gar nicht mehr hört, was um ihn vorgeht. Das ist aber auch das Schöne an ihm, dieses so christlich Traurige, dagegen bin ich doch wirklich ein fröhlicher Heide.

Aber er sagt das ja auch selbst immer, erst der Regenhimmel mache ihm die Farben auf den Feldern interessant, bei Sonne malen sei unendlich langweilig, und es wird ja sicher auch erst der Kuß einem Kind auf die Stirn, wenn man schon weiß, daß man Krebs hat, wirklich gewichtig, wie auch der Druck der Hand, wenn man schon weiß, daß der eigene Kopf komplizierte Gedanken nicht mehr ordnen kann."

Pause.

„Wissen Sie", sagte er dann, weil nun Franziska ihn immer nur ruhig ansah, „ich beobachte mich selbst in diesen Dingen seit einiger Zeit schon sehr genau. Ich schreibe mehr und mehr Worte falsch, die ich früher nie falsch geschrieben habe, und ich weiß mit einem Mal die einfachsten Namen der Dinge nicht mehr. Ich habe zum Beispiel unlängst ein kleines Kind gesehen, das sie Franzi gerufen haben, und hab' mir im selben Moment gedacht, warum bin ich denn jetzt in Zara, bloß weil ich selbst in Zara ein kleines Kind gewesen bin, das sie Franzi gerufen haben. Ich habe heuer zum ersten Mal Weihnachten ohne h geschrieben. Und ich hab' täglich Angst, daß das alles schlimmer wird."

„Ja", sagte da sein Bruder wieder ganz klar, „daß du alter Heide langsam vertrottelst, fiel mir auch schon auf, und dein agnostisches Ende ohne die Tröstung der heiligen Kirche wird überhaupt furchtbar sein, aber das Schrecklichste ist, ich bin überzeugt, daß du nicht einmal mehr den Text von ‚O Zara mia' vollständig kannst."

„Was", sagte sein Bruder, stand sofort auf und sang mit lauter, etwas krächzender Altherrenstimme das Abschiedslied der Zaradiner Matrosen in diesem eigenartigen dalmatinischen Italienisch, das man heute nirgends mehr hört. Auch sein fast gleichaltriger, aber immer noch etwas kleinerer Bruder erhob sich neben ihm und sang mit ganzer Hingebung mit. In Erinnerung glühten die Herzen, und vom „Jagatee“ glühten die Gesichter. Teile des Liedes sangen sie sogar zweistimmig. Plötzlich unterbrach der Jüngere und sagte: „Weißt du noch, Franzi, unser Dienstmädchen Tontschi, der Trampel?“

„Oh, wie konnte die“, sagte da sein Bruder Franz, „sehnsuchtsvoll und schrecklich falsch dieses Lied singen, abends, oben am Balkon ...“

„Wir sind nämlich am Meer aufgewachsen“, sagte quasi entschuldigend der jüngere und goß seinem etwas heiseren Bruder einen kräftigen Schluck „Jagatee“ ein.

„Ich auch“, sagte Franziska, „aber an der Ostsee. In Danzig.“

„Ah, ja“, sagte der alte Thaya, „da war ich auch einmal, als Student, damals, als der Schilling tausendmal mehr wert war als die Deutsche Mark, da war ich in Danzig damals und in Königsberg, in Riga und in Reval.“

„Prost auf die alte Hanse“, sagte der Maler, „aber damit Prost auch auf Samogitien, das schon Samogitien war, lange bevor es zu Preußen gehörte.“

„Gott sei Dank, da sind die Kinder“, sagte da Franziska.

„Sie waren noch an der Grenze“, sagte Rudis Mutter, die mit hereingekommen war, „weil Käthe ganz genau sehen wollte, ob sie wirklich Gewehre haben oben auf dem Turm.“

„Ja“, sagte das Käthchen, und: „Ja die Waffe“, sagte der Onkel, „die ist immer ein mächtiges Sinnbild der Schwäche“, und der alte Thaya sagte: „Ja glauben Sie denn, daß sich die ihre Weihnachtsbraten mit der Steinschleuder schießen? Vor den Feiertagen wird da drüben immer fest geballert. Nirgends vermehrt sich das Wild ja so rasch wie im Niemandsland zwischen unserer Grenz' und ihrem Jagdzaun. Das nutzen die.“

„Jagdzaun ist ein grausliches Wort“, sagte das Käthchen.

„Und doch ist es richtig“, sagte der alte Thaya, „wenn da einer rüber will, hetzen die ihn zwischen ihren Zäunen hin und her wie früher der alte Kaiser die Sauen in Laxenburg.“

Während sich Franziska in ihrem Zimmer fürs Essen umzog und sich grad dachte, wie gut diese gewölbten Räume im Winter zu heizen sind, kam Rudi ohne anzuklopfen rein und sagte: „Du, Käthe und ich freuen uns riesig.“

„So“, sagte Franziska und zog sich ein bißl geniert schnell das Kleid über den Kopf.

„Und du freust dich gar nicht?“ fragte er.

Pause.

„Ihr wart ja sehr lang draußen“, sagte sie dann und zog sich vor dem kleinen Reisespiegel mit dem breiten Messingrand sehr penibel die Lippen nach.

„Wir haben uns auch wirklich sehr gut unterhalten“, sagte er.

„Und daß wir um euch Angst haben könnten, ist euch nicht eingefallen?“

„Du, daran haben wir wirklich gar nicht gedacht.“

„Und du willst das Kind jetzt wirklich heiraten?“ sagte sie und drehte sich langsam zu ihm um.

„Eigentlich ja, ich glaube, daß wir beide uns recht wohl fühlen könnten da heraußen.“

„Und das Ministerium gibst auf?“

„Die werden mich wirklich kaum vermissen, und die Käthe findet es ja auch herrlich da.“

„Und ich?“

„Everybody has his problems“, sagte er.

„Du meinst, es ist dir schnuppe, wie's mir geht?“ sagte sie.

„Ich meine, da du mich schon fragst, daß du immer noch viel zu sehr an deinem Mann hängst, um frei genug zu sein, dich selbst so zu akzeptieren, wie du eben bist. Das klingt härter, als ich es sagen will, aber du bist immer noch so abhängig von den andern, daß du es dir einfach immer noch nicht vorstellen kannst, andere hätten sich ohne dich im Schnee prima amüsiert. Das ist es nämlich: Du gestattest eigentlich weder Käthe noch mir, daß wir uns erlaubt haben, uns ohne dich da draußen wohl zu fühlen. Das hältst du einfach nicht aus. Isses nicht so?“

„Ja“, sagte sie, und da sie vor ihm stand, küßte sie ihn ganz schnell auf den Mund, und dann mußte sie über seine abstehenden Schneeohren lachen, die in der Hitze hier herinnen nun ganz rot geworden waren.

„Du hast genauso abstehende Ohren wie der tschechische Soldat heut auf dem Turm“, sagte sie.

Da mußte er auch lachen und sagte: „Früher hab' ich in so einer Situation dann immer gesagt, man kann mit solchen Ohren dumme Sätze viel früher hören als alle andern, und das kann manchmal recht von Nutzen sein."

Pause.

„Hast du ihr schon was gesagt?"

„Ich ihr", fragte er, „im Gegenteil, sie hat mir erklärt, was los ist, wirklich, und sie hat auch schon Sankt Othmar in Mödling als Hochzeitskirche festgelegt. Und das ist eben der Unterschied zwischen euch beiden, sie hat da eben einfach keinerlei Angst, weil sie vollkommen locker ist, sie sieht da weder irgendwelche Zukunftsgespenster, noch hat sie bei jeder Handbewegung gleich wieder Erinnerungen an ein früheres, ganz anderes Leben."

„Eben. Und davor hättest du nämlich bei mir Angst. Schad'. Wirklich. Ich hab' mir gedacht, mit dir würd' ich's vielleicht doch noch einmal versuchen, weil du tatsächlich so verblüffend zurückhaltend bist und mich nicht gleich mit dem üblichen mannshohen Selbstvertrauen bewußtlos hast schlagen woll'n."

„Du tust, als wär' das jetzt ein Moment wie ein Abschied für ewig."

„Ja isser's denn nicht? Wenn ich nicht wüßt', daß es saukalt ist draußen im Schnee, würd' ich ja glauben, du hast mich heut nicht nur sitzenlassen, sondern mich dabei gleich auch zur Großmutter gemacht."

„Jetzt bist kaum vierzig und red'st wie sechzig."

Pause.

„Was gibt's denn heute?" fragte sie plötzlich.

„Fasanen, wie immer", sagte er.

„Na dann guten Appetit, Herr – Schwiegersohn", sagte sie und mußte sich bücken, da die Tür so niedrig war, und mußte auch sehr schnell hinausgehen, weil er sonst ihre plötzlichen Tränen gesehen hätte.

Beim Essen hatten das Käthchen und Rudolf nur Augen füreinander. Er erzählte vom Lochbeil-Museum hier im Haus, und sie erzählte von irgendeinem anderen Urgeschichtsmuseum, in dem sie mit ihrer Klasse gewesen war und wo der zum Klassensieger ernannt worden war, der beim Durchgehen am meisten abmontieren hatte können.

Der Onkel hielt Franziska leise einen Vortrag über die vielen Formen der Liebe, und dann sprachen sie aber ganz plötzlich wieder vom Meer. Franziska von Danzig und der alte Rudolf von Zara.

„Die Dienstvilla von unserm Vater hatte vorne einen sooo großen geschnitzten Doppeladler an der Gartenfront, das war ja alles vor dem ersten Krieg noch, und wenn ich die Augen zumach', hör' ich den Wind von den Inseln, das Anschlagen der aufgeregten Wellen und seh' die spärliche Beleuchtung am Hafen, das weiche rote Licht der damaligen Kohlenfadenlampen – nicht wie heute das grelle Kaltlicht –, wenn die so im Wind schaukelten, warfen ihre Blechtellerschirme weite, gespenstische Schatten über den Weg."

„Haben Sie eigentlich schon als Kind Maler werden wollen?" fragte Franziska.

„Ja. Da war ich mir ganz sicher. Maler oder Dichter. Jedenfalls wollte ich die Welt beschreiben. Für die andern. Die das alles nicht so genau sehen konnten. Weil sie keine Zeit haben, keine Konzentration und keine Ordnung. Die alles nur erleben, aber nichts festhalten. Ich hab' schon als Kind nichts anderes gewollt, als das alles festhalten, den Geruch der Hanfseile für die Schiffe, diesen Geruch nach Brot und den ungesalzenen Weißbrotringen, nach Blech, Besen, Schwämmen, Stockfischen und türkischem Kaffee, alles vermischt mit den Gerüchen der Gewürze, weil ich als Kind wohl gespürt hab', daß wir bei aller Vertrautheit in Zara doch nur Gäste waren auf Zeit, deswegen hab' ich das alles wohl noch bewußter registriert, auch das Gewirr fremder und doch vertrauter Sprachen in den kleinen Gassen, den Singsang, mit dem der Maronibrater am Stadttor zur riva vecchia seine Genüsse anpries, im Hintergrund das Abendmeer und die Ruine von Ugliano, davor der eben angekommene Dampfer der ‚Ungaro-Croata' – und die Mutter sagte: ‚Ja, es bebt schon die Erde, sie wollen unser geliebtes Österreich zerreißen', und recht hat sie gehabt, ein paar Tage später standen die Buben mit der Mutter am Fenster, und draußen wurde der in Sarajevo erschossene Thronfolger auf der *Viribus unitis* nach Hause gefahren. Dumpf grollten die Salutschüsse der anderen Schiffe über den Kanal ‚evvi-va Francesco Giuseppe, evvi-va l'Austria'", sagte der Onkel, und begeistert von seiner eigenen Erinnerung, hob er sein Glas auf den lange verstorbenen Kaiser.

Der gute Onkel hatte sich schon allein deswegen so ins Feuer geredet, weil er davon ablenken wollte, daß dieser liebenswürdigen Franziska hier ja eigentlich etwas recht Unangenehmes passiert war. Es schwiegen zwar alle wie verabredet drüber weg, aber zumindest die Älteren hatten sich die ganze Geschichte ja wirklich ganz anders vorgestellt. Aber wo die Liebe hinfallt, da wächst halt kein Gras mehr.

Oder besser, da mußte man schon erst einmal kräftig Gras drüber wachsen lassen, bevor man da wieder mitreden durfte. Oder eben noch besser, man ließ da überhaupt Gras Gras sein und redete eben lieber von weit entfernten Meeren und von jenem lange verstorbenen Francesco Giuseppe, damit die Farben des Südens und der großen Welt das Grau der Tatsache etwas verhüllten, daß Franziska eigentlich von ihrer eigenen Tochter heute recht brutal beiseite geschoben worden war.

„Von der kleinen Stupsnase war in dem Punkt sichtlich noch einiges zu erwarten", dachte sich der Onkel, „aber es war ja wohl die Pflicht jeder Jugend, sich im allgemeinen Schneegestöber immer wieder einen eigenen Weg nach eigenen Gesetzen freizuschaufeln. So gesehen hatten die beiden sicher recht."

Der alte Thaya hatte sich indessen einige Notizen auf einen kleinen Zettel gekritzelt, schlug nun an sein Glas, stand auf, und „Verehrte Gäste", sagte er und versuchte ebenfalls seine randlose Überraschung nicht öffentlich zuzugeben, „ich habe die Ehre, Ihnen die Verlobung von Fräulein Käthe Bonowski mit Herrn Rudolf Thaya mitzuteilen. Bei uns heroben sagt man: ‚Gheirat is glei, owas Hausn dauert long.' Kurz, ich muß meinen Sohn ja nicht lang vorstellen, ich möchte aber doch sagen, was unsere Leute so über ihn reden, zum Beispiel, er ‚zuigt wia a Schraufn und kann mehr als Suppn blasn'. Das heißt wohl, daß er hart arbeiten kann, wenn er nur will. Und der ‚kluit gean schware Scheidln', also er legt sich schon mal an mit jemandem, wenn's so gar nicht nach seinem Kopf geht. – Über Sie, Käthe, würden die Leute hier jetzt wohl sagen: ‚Ja die Kapelln is recht und der Heilige is a schon drin.' Und ich bin auch ganz sicher, daß die Leute auch später einmal nicht sagen: ‚Dort bei dem Thayahaus brauchts a kan Kettenhund net.' – Auf jeden Fall aber kann man nach meines Herrn Sohnes nun doch schon recht langem Junggesellenleben in dem Fall wirklich sagen: ‚Das größti Luida kimmt imma intan schenstn Huit', womit ich mit einem Merksatz aus der Gegend hier schließen möchte, der da lautet: ‚Wenn ma nur der Nosn nachgeht, kimmt der Hintern scho nach!' Was etwa soviel bedeutet wie, man soll die Situationen auch nicht zu sehr komplizieren. Meinen Segen habt ihr, darauf will ich mein Glas erheben: Viel Glück, ein langes Leben und viele gesunde Kinder wünsch' ich euch."

„Hoch", sagten auch die andern.

„Voll Trost sagen ja auch die Leute hier: ‚Wer für den Galgen bestimmt ist, der dasauft schon net', oder?" sagte der Sohn und lächelte Franziska an, die wiederum sich dem alten Thaya zuwandte und ihm zutrank. Dann küßte Rudi plötzlich Käthe, und Rudis Mutter mußte weinen.

Am Stephanitag nach dem Mittagessen fuhr zuerst Onkel Rudolf mit seiner alten Karre wieder ab. Wegen des starken Schneefalls hatte ihm Rudi noch die Ketten montiert.

„Ich dank' dir", sagte der Onkel, „und obwohl ich weiß, daß du das jetzt ein bißl als Mummenschanz empfinden wirst, will ich zum Abschied doch tun, was ich tun will, weil ich ein alter Mann bin und in unserer Familie alte Männer immer geachtet worden sind.“ Er machte dem Neffen langsam mit dem Daumen ein Kreuz auf die Stirn, und dann sagte er: „Also mach's gut, mein Sohn, an was immer du glaubst, daß es richtig ist. Meinen Segen hast du.“

„Da kannst du ganz ruhig sein, lieber Onkel, ich halt's da mit Nestroy“, sagte der Neffe, „ich lass' mir mein Aberglaubn durch keinerlei Aufklärung raubn.“

„Jaja, gutgut, ich hab' das schon begriffen, hinter diesen eingängigen Zitaten kann man sich und seine Meinung wirklich wunderbar verstecken, aber damit dir jetzt nicht noch so ein Zitat einfallt, fahr' ich jetzt sofort und vollkommen stumm und vollkommen wortlos ab, also Servus“, sagte der Onkel, stieg in seinen Wagen, trat den Gashebel kräftig durch, und quietschend und bellend, Schnee, Eis und Streukies nach hinten spritzend verschwand er im Nebel.

„Ja, der hat's gut“, dachte sich der Neffe, „wenn einer eine Persönlichkeit ist, dann braucht er halt keine Pointen.“

Der alte Thaya hatte Tränen in den Augen, als er Franziska zum Abschied umarmte. Er hatte es sich nicht nehmen lassen, die Damen trotz der Verwehungen auf der windoffenen Grenzstraße zum Bahnhof nach Drosendorf zu begleiten. Als der Zug abfuhr, dunkelte es schon, und die hellen, gelben Fenster waren nur noch kurze Zeit in der Dämmerung zu sehen, grade bis der Zug beim Wald vorn mit leichtem Ächzen um die Kurve bog.

Erst da beendete auch der alte Thaya sein Gewinke, und: „Ich bin doch recht glücklich“, sagte er zu seinem Sohn, „obwohl mir ja besonders die Franziska gut gefallen hat, und die ist es ja nun gar nicht geworden."

Seine Frau hatte darüber ihre eigenen Gedanken und sagte nur: „Wenn bald Kinder da wär'n, das wär' gut."

„Ja das wär' gut", dachte sich auch der Alte und malte sich aus, wie er in einigen Jahren im Kreis schreiender Enkel unten an der Brücke seine alten Eislaufschuhe wieder aktivieren würde. Sanft schlief er schon im Auto ein und träumte von der Tontschi, von allerlei Kriegsschiffen und dann von seinem Vater, wie der dem Bruder und ihm an der riva vecchia Maroni gekauft und dabei gesagt hatte: „Kommts schnell, Bambschabeln, die wolln uns unser Österreich zerreißen."

Als seine Eltern sich dann in ihr Zimmer zurückgezogen hatten, wurde es langsam dunkel im Haus. Rudi fühlte sich plötzlich verdammt einsam, holte sich also aus der Speisekammer einen von seinem Vater selbst gebrannten und gut versiegelten Zwetschkenschnaps, setzte sich, nachdem er das Siegel mit einem Tischmesser aufgebrochen hatte, an den Küchentisch und trank erst einmal einen tiefen Schluck. Dann lehnte er sich zurück und trank noch einen. Er legte die Beine auf den Stuhl, der ihm am nächsten stand, und stellte sich vor, daß nun vielleicht doch irgendwann in naher Zukunft Käthe und Franzi bei ihm hier heraußen wohnen würden, daß Rado aus Rom zurückkommen könnte, daß Zita auch ganz zur Gemeinschaft gehören würde und daß alle zusammen wirklich eine Großfamilie hier aufbauen könnten.

Er sah sich mit einer bunten Halskette, einem weiten, weichen, dunkelrosa Hirtenhemd. Sein Gesicht war ganz sanft und nach innen gekehrt.

So trank er lange friedlich vor sich hin, kroch dann plötzlich vom Stuhl herunter, drehte sich am warmen Ziegelboden zuerst hierhin und dann dorthin, ließ sich aber schließlich doch, flach auf dem Rücken liegend, vollkommen entspannt in einen großen Himmel gleiten. Er lag ganz nah an dem immer noch warmen Herd und stieß von da ab weit hinaus in die Nacht.

Er schlief traumlos bis zum Morgen.

Die Zita fand ihn in der Früh am Boden und weckte ihn langsam und liebevoll. Als er erwachte, war sein Kopf ganz klar, und er wollte ihr auch gleich alles erzählen von diesen gelben Klangkörpern der Nacht, ließ es aber dann und fuhr, ohne mit seinen Eltern zu frühstücken, in die Stadt, wo er sich ein weinrotes Pluderhemd kaufte und dann noch einen alten, silbernen Armreifen.

Die Ernte

Der Austritt aus der Schule kurz vor der Matura kümmerte erstaunlicherweise niemanden, aber die Vorbereitungen der Hochzeit brachten eine Aufregung nach der andern. Allein die Frage, ob, was nahelag, an der mährischen Thaya geheiratet werden sollte oder doch in Maria Enzersdorf, erforderte mehrere grundlegende Überlegungen, kurz, es wurde Sommer, ehe man sich an einem strahlenden Morgen doch, wie Käthe das immer gewollt hatte, in der wuchtigen Othmarkirche auf dem alten Burgberg in Mödling traf, um das „Ja" von Käthe und Rudolf mitzuhören. Alle Bekannten waren erschienen. Jean-Paul Friedrich diesmal sogar mit Frau und Töchtern, weil Franziska heute ja ohnedies für alle intensiveren Kontakte zu nervös war und somit ein quasi gesellschaftlich untadeliger Rahmen garantiert schien.

Seine Töchter aber waren mit ihren langen, dunklen Haaren und den schiefliegenden Augen so adrett, daß sie die vier Ministranten sehr irritierten. Besonders die beiden, die fast nichts zu tun hatten, außer sich und ihre weiß-roten Kittel einmal links vom Altar und einmal rechts vom Altar zu postieren, um auch hier Masse vorzutäuschen, waren zum Grinsen und Blinzeln ständig bereit.

Einer der Buben stieg dann in den Enzersdorfer Garten und schickte Jean-Pauls ältester Tochter über die ausgeliehene Serviermamsell ein Zettelchen zum Hochzeitsessen, woraufhin die Angeschriebene sichtlich blaß wurde, und als dann der Vater auch noch sagte, wenn's ihr zu heiß wäre, solle sie ruhig rausgehen, da ging sie dann auch. Und mußte, als sie dann später wegfuhren, lange gesucht werden. Aber blaß war sie dann nicht mehr so. Die frische Luft ist ja immer noch das Beste in solchen Fällen.

Das Tagesgespräch war die für ein Hochzeitspaar etwas ungewöhnliche Kleidung. Das Käthchen sah nämlich wie eine Edelzigeunerin aus, und Rudolf trug, wie meist in letzter Zeit, eins seiner weiten, bunten Baumwollhemden, eine Reihe von kleinen Ketten mit allerlei Krimskrams am Hals und – das erstaunte den Vater am meisten – derbe Holzpantinen ohne Strümpfe.

Der Alte hütete sich allerdings, den Aufzug zu kommentieren, denn als sein Sohn aus dem Taxi gestiegen war, hatte der Vater schon gelacht, sein Sohn hatte ihm daraufhin liebevoll, aber ganz ernst gesagt, er, der Alte, verstünde eben nichts von dieser neuen Lebensweise, und damit war das Gespräch wieder einmal klar zu Ende gewesen. Bitte schön. Auch recht. Wieder einmal war die Gesellschaft wohl in einer ihrer Umbruchphasen, und diese zigeunerhaften Aussteiger- und Fluchttendenzen zeigten ja aber wohl deutlich, was er, Thaya, immer schon gesagt hatte, daß nämlich der Leistungsdruck der jede Normalität zerstörenden Großstadt nicht auf ewig so im grauen Anzug durchzuhalten war.

Nach dem Hochzeitsessen und nachdem Oberlehrer Kurz das „junge Paar“ zum Bahnhof gebracht hatte, ging Franziska mit dem Schwiegervater ihrer Tochter in den Garten. Die beiden setzten sich in die tiefen, weißen Stühle unter der Rotbuche und redeten über die „Kinder“, die jetzt nach Danzig unterwegs waren. Leichter Wind bewegte die Blätter.

Auch Oberlehrer Kurz war dann vom Bahnhof wiedergekommen und wanderte nun mit Frau Thaya zum Zacharias-Werner-Hügel und in den hinteren Teil des sonnigen Gartens.

Franziska schenkte sich Kaffee nach und sagte: „Wissen Sie, wir mußten im Januar fünfundvierzig dort weg, um fünf Uhr früh, und es war saukalt und scheußlich, allein deswegen will ich nicht wieder hin. Der Abschied war zu häßlich.“

„Aber für die Kinder ist es sicher gut, daß sie sich ansehen, wo die Großmutter auf die Welt gekommen ist“, sagte der Alte.

Bei „Großmutter“ hatte es Franziska zwar einen Stich gegeben, aber an sich war das ja wohl der Lauf der Welt, und so sagte sie nur: „Unsere Kaschubischen Hügel bei Danzig und die Weite unserer masurischen Kornfelder, das alles ist Ihrer Gegend da oben an der Thaya nicht unähnlich. Vielleicht war mir deswegen der Besuch bei Ihnen zu Weihnachten so angenehm. Denn auch der Winter ist da noch ein richtiger Winter, und das Holz im Ofen knackt noch so richtig, als käm's direkt aus unserm Zoppoter Wald.“

„Ja“, sagte der Alte, „die schönen Künste, die findet man wohl eher am Tiber und an der Loire – die Thaya und die Weichsel sind da sicher kältere Gewässer –, aber heiße Bratäpfel mit Sauermarmelade, die gibt's im Winter bei uns wie an der Ostsee."

„Und auch die gelben Sandwege an den blühenden Weißdornhecken mit den Vogelnestern drin", sagte sie.

„Und Ihr Vater war also dreiunddreißig Justizsenator in Danzig", sagte er unvermittelt, „hat er da recht gelitten unter der Demokratie? Das würde sicher niemand gern hören heutzutage, daß damals alle Anträge im Danziger Volkstag ausnahmslos nur Agitation waren, um in die Zeitung zu kommen und um in der jeweils bevorstehenden Parteiversammlung wieder neues Agitationsmaterial zur Hand zu haben."

„Nein", sagte sie, „das würde heutzutage wirklich niemand gerne hören, und auch nicht, daß er das Erbhofgesetz und leider auch die Gesetze zum Schutz des deutschen Blutes dann mit den Nazis nicht nur durchgeführt, sondern auch für richtig gehalten hat."

Pause.

„Das Erbhofgesetz würde ihm allerdings wohl auch heute niemand übelnehmen. In allen unsern großen Bauernhöfen da oben an der Thaya hängt ja immer noch die damalige Bestätigung mit dem schönen Spruch ‚Ich bin ein deutscher Bauer'. – Aber gut, daß Sie den Kindern soviel davon erzählt haben."

„Eigentlich haben sie sehr wenig gefragt, und ich hab' ihnen dann auch nicht einmal sagen können, wo sein Grab ist. Einen Stein hat's vierundvierzig nicht mehr gegeben, und den Hügel haben die Polen sicher glattgetreten."

„Sie hätten mit hinfahrn soll'n", sagte der Alte.

„Oh, ich fahr' lieber nach Südfrankreich", sagte Franziska, „Polnisch kann ich nämlich überhaupt nicht, und man soll nicht immer nur zurückdenken, bloß aus Sentimentalität. Das Frische Haff ist nicht mehr unsere Zukunft."

„Aber doch unsere Vergangenheit", sagte der Alte, „Wilna, Riga, Oliva ..."

„Wer will das schon wissen?" sagte Franziska.

„Ihre Tochter wirklich nicht? Nein? Ah, das erstaunt mich aber doch", sagte der Alte, „daß es Ihnen ebenso geht wie mir. Mein Sohn will eigentlich auch gar nichts von mir wissen. Je älter Kinder werden, desto weniger fragen sie. Und doch würde eine Auseinandersetzung mit ihnen da doch erst interessant. Mir ist das in den letzten Monaten so richtig klargeworden. Primär die eigenen Kinder mit den eigenen Ideen weiterzubringen, ist wahrscheinlich wirklich weniger wichtig, als gute Ideen an und für sich weiterzubringen. Fazit: Ich bemerkte unlängst, daß ein junger Lehrer mir in dem, was er denkt, wesentlich näher steht als mein Sohn. Ich, der ich ein gut Teil meines Lebens der Familienforschung gewidmet habe, sage am Ende dieser Beschäftigung: Die Gene sind letztendlich doch recht unwichtig, nur die Ideen sind das Verbindende zwischen den Menschen."

„Das sehen Sie doch auch an mir", sagte Franziska, „mein Vater war Nationalsozialist und vorher Katholik, hat in Danzig sogar eine Partei gegründet, die das vereinigen wollte, das Nationale und das Katholische, und was hat er mir weitergegeben? Von beidem keine Fingerspitze voll."

„Eben. Letztendlich, glaub' ich, hab' ich an Hand

meines Sohnes nun doch auch ganz persönlich den Unterschied zwischen Monarchie und Demokratie verdaut, sechzig Jahre nach allem andern", sagte der Alte und sah auf den unaufhörlich, langsam und doch ganz gleichmäßig sich drehenden Rasensprenger, dessen elliptische Wasserbögen in der Nachmittagssonne glitzerten.

„Und wie geht's der Erika?" fragte Franziska.

„Schlecht, sehr schlecht, das Weibszeug hat geheiratet", sagte der Alte und sah zwinkernd in die Sonne, die durch die dichten Zweige der hohen Rotbuche kaum durchkam. War denn hier doch noch in diesem Garten ein Diebspfad zu dieser Frau zu finden?

„Oh, dann sind Sie ja jetzt frei", sagte Franziska mit einer ganz zarten Sicherheit und Klarheit.

„Ja", sagte er, und alle anderen großen Fragen dieses sonnigen Nachmittags nahmen plötzlich wieder eine unvergleichliche Milde, Weichheit und Ruhe an. Natürlich hatte er die Heirat seiner hornischen Erika vorhin abrupt erfunden, aber wie sonst sollte er dieser Franziska in ihrem schwebenden, hellen Sommerkleid erklären, daß sie und nur sie die Frau war, die ihn im Augenblick interessierte? Aus halb geschlossenen Augen tastete er sich von ihrer Hand, die ganz gelöst auf der Lehne des Stuhles lag, über das blinkende Goldband der Uhr, an der ein zusätzliches Sicherheitskettchen baumelte, bis zu dem vollen, mütterlichen Ellbogen vor, der von der Sonne der letzten Tage leicht gerötet war und in dessen Beuge er, erregend allein schon der Gedanke, sein Gesicht jetzt gerne gelegt hätte, um ruhig ihre Haut zu riechen, während dieses geheime Gleichgewicht zwischen ihr und ihm wie ein Kinderballon im Prater immer höher und höher in den Sommerhimmel stieg.

Aber offensichtlich hatte er sich das alles doch nur eingebildet, denn als dann Kurz mit dem Auto vorfuhr und alle sich mit Küssen links und Küssen rechts verabschiedeten, empfand der alte Thaya sich wieder nur als einer von vielen, der da zwar auch mit einer gewissen familiären Intimität „verabschiedet" wurde, aber überhaupt nicht mit der von ihm doch immer noch für möglich gehaltenen erotischen Druck-und-Flucht-Bewegung, die so ein schmerzlich-süßes Zusammenpressen und ein Zerbersten in einem sein kann, kurz, all dies, was hätte sein können, fand hier keineswegs statt. Spürte sie denn gar nichts? Oder wollte sie's nicht zeigen? Aus Klugheit? Aus Zurückhaltung? Was sollte denn diese sanfte Schwesterlichkeit.

„Haben Sie etwas dagegen", fragte Franziska aber nun doch noch durchs offene Autofenster, „wenn ich Sie bald einmal auf dem Niklasberg besuche? Ich wollte doch zu gerne mal im Sommer die Vögel in ihrer Weißdornhecke sehen, auf diesem Sandweg zwischen den Feldern zur Grenze hin."

Alle nickten und redeten in den Lärm des Motors hinein, nur der alte Thaya dachte sich: „Gott im Himmel, was hat diese Frau doch für unverschämt sinnliche Lippen." Jetzt war er endgültig fest davon überzeugt, daß sein Sohn, der Esel, sich garantiert die Falsche geangelt hatte.

Im nächsten Augenblick aber schon sauste der Wagen los, und in der Kurve in die enge Mariazeller Gasse hinein wäre Kurz fast mit der platten Nase eines Gendarmerievolkswagens zusammengekracht, zu sehr hatte wohl auch er noch das Bild dieser sommerlichen Brautmutter im Kopf, und der junge Gendarm mußte so stark bremsen, daß sein Schnurrbartgesicht samt Dienstmütze fast an der Frontscheibe gelandet wär'.

Darauf entschloß sich Kurz sofort, da er ja der hiesigen Gendarmerie als Oberlehrer und Amtsperson zweifellos unbekannt war, jeglicher Auseinandersetzung radikal aus dem Weg zu gehen und fuhr demgemäß, sozusagen am Rande des Deliktes der theoretischen Fahrerflucht, aufheulend die Liechtensteinstraße entlang, um dann erst wieder bei der nächsten sich bietenden Möglichkeit links, und diesmal sehr vorsichtig, einzubiegen.

Unabhängig von diesen äußeren und gar nicht ganz ungefährlichen Ereignissen war der alte Thaya aber auch in einem eigenartigen Zustand der inneren Erregung, er hatte einiges in seinem langen Leben mitgemacht, aber er spürte doch ganz klar, daß er auch jetzt noch jederzeit bereit war, sich kopfüber in etwas hineinzustürzen, wenn ihn diese Frau dazu nur mit einem einzigen Augenwinken ermuntern würde.

Am folgenden Tag hatte sich das Wetter gedreht, und ein dickes Tief war von Westen gekommen. Insofern war der alte Thaya froh, wieder zu Hause zu sein. Oben im Eckzimmer, wo zwischen dem Südfenster und dem einen Westfenster sein altmodischer Kommodenschreibtisch stand, suchte er auf der alten Wandkarte von 1789, die dort noch von seinem Großvater hing, Danzig im Königreich Preußen, braun umrandet, an der Ostsee, verlor sich dann nach Stralsund, rot umrandet, damals also zu Schweden gehörig, Estland und Livland, blau umrandet: „Aha“, dachte er, „damals schon russisch, von dem vielen, was sich ändert, ändert sich manches eben doch wieder zurück.“ Das Herzogtum Curland aber, ocker, gehörte damals zum Herzogtum Polen, das zu der Zeit bis Brazlaw in Podolien reichte, bis Kiew und Neu-Serbien, östlich von Odessa.

„Neu-Serbien“, dachte er. „Und das östlich von Odessa? Sind dahin so viele Serben ausgewandert?“

Draußen hatte gerade ein fürchterlicher Sommerregenschauer begonnen, und der Wind rüttelte an den Fensterläden, daß man selbst Angst kriegen konnte, und Angst auch um den kleinen Kastanienbaum, der da am Weg ins Dorf hinunter so alleine auf der Kante stand, und den der Wind schüttelte, als wollte er ihn in der Luft zerreißen.

Auch der Fluß unten war ganz aufgeregt.

Mittlerweile warf der Wind den Regen so dicht gegen die Scheiben, daß man kaum mehr hinausschauen konnte. Der alte Thaya hatte zwar zwei Paar Socken an und auch zwei Pullover, aber trotzdem fühlte er sich schudderig.

„Schudderig“, das war ein Wort, das er von Franziska mitgebracht hatte. Ein Danziger Wort, braun umrandet, Königreich Preußen, wurde wohl heutzutage da oben auch nur mehr in einer polonisierten Fassadenform verwendet. Und auch hier herunten nur mehr von Franziska. Und von ihm, seit neuestem. Aber trotzdem bald auch etwas fürs Museum, braun umrandet, Königreich Preußen. So, genau so, wird eben die Gegenwart Vergangenheit und „aus einem großen Reservoir ins andre rieselt Jahr um Jahr".

„Franz", sagte der alte Thaya zu sich selbst, „wenn du noch jung genug wärst, müßtest du dein Steinzeitmuseum in der Halle draußen zu einem Sprachmuseum ausbauen." Neben „schudderig", braun umrandet, Königreich Preußen, käme dann also „Neu-Serbien", blaugelb umrandet, taurisch-kaukasisch, auch ein Wort, das niemand mehr kennt und also niemand mehr nennt, und daneben könnte man nehmen „Der schaut aus wia die Kua hinterm Schwaf", waldviertlerisch, regenumrandet, bezeichnet einen ganz leicht schon vom Tod Gezeichneten.

Oder auch „Ob der no amoi an Urlaub kriagt?". Das wär' in der Sammlung zu plazieren neben „Der schleppt si wia die Fliagn im Hiabst" oder „Dem sitzt der Tod a scho auf da Zungan". Recht endgültig ist auch „Der hört a nimma in Gugug schrein", weil den Winter wird er nimmer drüberkommen, und im nächsten Frühling wird er schon helfen dem „Pforra die Gäns hoidn", wenn die ihm dann das Gras vom frischen Grab fressen.

Außerdem hatte er Kopfweh. Und statt anständig zu frühstücken, hatte er nur seine Durchblutungspillen genommen. Obwohl sich nun sein Appetit langsam regte, denn von unten herauf drang der angenehme Geruch der Himbeeren und der schwarzen und roten Ribiseln, die seine Frau mit der Zita gerade aussaftete und zu Marmelade verkochte. Irgendwann mußte der Regen ja doch wieder aufhören und auch der enervierende Wind, der die Rauchfänge herunterpfauchte und die lockeren Ziegel oben lärmen ließ.

Auch das Dach muß unbedingt wieder einmal kontrolliert werden. Die eine Dachrinne zeigte schon Rostflecken, und die Mauer außen an der Speisekammer schien ihm auch feuchter als in früheren Jahren.

Es läutete. – Das konnte nur der Postbote sein.

Es war aber der Schwarzenau. Und obwohl der alte Thaya ihn wirklich nicht sehr mochte, war er über die Ablenkung ganz froh.

Der Baron sagte, er hätte gehört, es ginge dem alten Thaya nicht gut, und da hätte er sich gedacht, vielleicht wolle er verkaufen, jünger würde er ja wohl auch nicht mehr, und die Schwiegertochter säh' ja wohl auch nicht so aus, als würde sie hier dauernd mit dem Mist auf den Acker fahren wollen.

An sich, sagte der alte Thaya, ginge es ihm zwar besser, aber reden könne man über alles. Er hätte sich wohl in der kalten, hohen Kirche in Mödling verkühlt, und die Woche Regen jetzt im Juli hätt' das Haus auch ausgekühlt, aber der Sommer würde doch jetzt bald kommen, wenigstens für zehn Tage noch. Die Felder stünden ja wohl gut, und zehn Tage Sonne würde eine Ernte geben wie Jahre schon nicht mehr.

Der Baron trank von Thayas neuem Ribiselsaft und sagte: „Gut ist der", und nach einer Pause: „Der Oberlehrer Kurz will jetzt auch in die große Politik, und wie ich fürchte, zu den Sozialisten oder Liberalen, jedenfalls redet er jetzt so Sachen daher, obsolet sag' ich, obsolet. Und der Doktor Müller, der in dem Sommer wieder da heroben ist, der unterstütze ihn dabei. Das wird alles schreckbar enden, ihr werdets noch an mich denken. Wenn jetzt schon die Pfarrer und die Schullehrer Sozis sind, dann wird alles schreckbar enden, sag' ich dir, schreckbar enden."

Plötzlich wirkte der Besucher ungeheuer müde. Der ganze Kauf-Elan war beim Teufel, und da sah der alte Thaya auch, daß der Baron nicht nur einen abgestoßenen Hemdkragen hatte, sondern auch einen Eifleck auf der Krawatte. War auch nicht mehr der Alte, unser Schwarzenau. „Der reißt ana Kotz a kan Schwoaf nit mehr aus", dachte sich der alte Thaya, und: „Der brauchat wirkli a net vü Geist aufgebm, wenn der amoi stiabt." Laut aber sagte er: „Ja, ich überleg' mir's, aber der Rudi bleibt nicht in der Stadt, ich spür' das, warten wir's ab, in zwölf Monat' könnten wir dann genauer drüber red'n."

„Gemacht", sagte der Schwarzenau, riß sich zusammen und ging.

„Aasgeier", dachte sich der alte Thaya und sah, daß endlich die Sonne wieder durchkam. Der Wind pfauchte zwar immer noch, aber der Fluß unten glitzerte schon, und auch die regennassen Wiesen bei der Zach-Mühle hatten plötzlich einen Hauch von feinem Goldglanz. Eine halbe Stunde später dampften die nassen Felder in der Hochsommersonne.

„Der Schwarzenau war da", sagte der alte Thaya, als seine Frau ihm einen Strauß Wiesenblumen brachte, „er hätt' so gern, daß ich bald verreck', die nackte Gier schaut ihm schon aus allen Knopflöchern. Je älter man wird, desto mehr Gründe hat man, warum man sich ewig genieren könnt' für die Leut'. Tröstlich ist nur, auch auf dem Grab eines Aasgeiers wird der Weißdorn weiterblühen. Setz dich zu mir, siehst das Gold in den Wiesen, solche Stunden sind selten, und der Herbst ist bald da."

„Beim Kaufmann hab' ich grad den neuesten Waldviertler Witz gehört", sagte seine Frau, um ihn aufzumuntern, „bei uns heroben können die Fremden Sommer und Winter sehr leicht auseinanderhalten. Im Sommer ist nämlich die Thaya etwas weniger kalt."

„Ja", sagte der Alte ganz ernst, „und ich auch." Still schloß er die Augen und spürte dankbar die Wärme der Sonne im Gesicht, während er an die andere Frau dachte, die ihm unlängst mit lachenden Augen versprochen hatte, ihn und die vogelnesterdurchwachsene Weißdornhecke drüben auf dem Weg nach Ziernreith hinüber bald besuchen zu kommen.

In diesen Tagen vollendete sich östlich der Weichsel aber auch die polnische Tragödie. Der erste Ärger für Käthe war gewesen, daß Rudi sich beim Schwarzwechseln durch den Taxifahrer in Warschau wegen einer vergessenen Null um neunzig Prozent des Geldes hatte betrügen lassen, der eigentliche Schock aber war dann eine elendslange Nachtfahrt auf Holzbänken in einem Personenzug nach Pisz, wo dann in und um dieses Nest nichts zu sehen war als häßliche Neubauten und, weit draußen in den Kornfeldern, irgendwo in der masurischen Einöd', ein Steinerhaufen, den Rudi Oblewo nannte und als eine weitere Stammburg seiner Väter bezeichnete. In dem stinkenden Zimmer in Pisz, auf dem schmuddeligen Leintuch, das ein schmuddeliges Sofa schmuddelig bedeckte, sagte das Käthchen, sie wolle jetzt nach Hause.

Rudi verstand aber nicht, wie ernst ihr das war. Er

hielt's für eine Laune und fuhr am nächsten Tag wieder mit dem Mietwagen in die Trümmerburg, fotografierte, zeichnete, nahm Steine mit, schaufelte und grub in diesen halbverschütteten, feuchten Kartoffelkellern unter dem regenschweren masurischen Sommerhimmel und übersah dabei, daß seine Frau sich immer mehr von ihm zurückzog.

Kurz, die große Erwartung der kleinen Käthe erfüllte sich überhaupt nicht. Das große Wunder der Liebe blieb aus. Gut, sie schliefen zusammen, und das gab ihr auch eine gewisse körperliche Befriedigung, aber ihre Bereitschaft, sich ganz diesem Partner hinzugeben, dem Erlöser aus ihrer Enzersdorfer Langeweile, dem Herausreißer aus ihrer vertrottelten Schulpaukerei, diese vollkommene und sich auflösende Hingabe zu etwas gemeinsam Neuen, die war gar nicht gefragt. Und so konnte sie auch nicht antworten darauf. Das maßlose Abenteuer der Liebe, das himmelhoch jauzende, von dem sie in den letzten Wochen immer wilder geträumt hatte, fand nicht statt.

Je länger die Hochzeitsreise dauerte, desto kleiner wurde die aus Enzersdorf mitgebrachte Seife und desto dünner und eingerollter wurde die Zahnpastatube. Auch die kleine Liebe aus dem Niklasberger Weihnachtsschnee war mittlerweile geschmolzen und an einem verregneten Morgen mit dem Schmutzwasser im Abfluß eines polnischen Wasserbeckens abgelaufen. Beide merkten es, aber beide wollten es nicht sagen.

Als sie dann endlich mit dem Zug von Pisz nach Danzig fuhren und in der flachen, vollkommen ereignislosen Landschaft mit den verstreuten, armseligen und doch so häßlichen neupolnischen Häusern wieder einmal stundenlang Zeit hatten, sich ausschließlich miteinander zu beschäftigen, da redeten sie zwar kein einziges Wort, beiden wurde aber doch in diesen Stunden klar, daß diese Hochzeit wohl eine Begegnung gewesen war, aber nur eine von diesen Begegnungen in einem Bahnhofsrestaurant, wo man dann wieder in verschiedene Züge steigt. Aber beide wollten sich diesen Irrtum immer noch nicht eingestehen. Sich nicht und schon gar nicht den anderen zu Hause, wenn sie ja nun irgendwann von ihrer Irrfahrt zurückkommen mußten. Also sagten sie beide vorsichtshalber erst mal auch einander nichts. Nur „Ich liebe dich“, sagte er plötzlich, und „Ach ja?“ fragte sie fast erschreckt.

Er versuchte sie anzulächeln, versuchte in diesem Moment noch einmal, sie zu erreichen, mit seiner Angst und mit seinem Zweifel, aber sie lächelte nur genauso hilflos und gelähmt zurück. Sonst geschah nichts. Das war der letzte Versuch von Ehrlichkeit gewesen, der letzte Versuch, über alle Grenzen hinweg noch einmal darüber zu reden, was da mit ihnen geschah. Aber keiner redete. Keiner zog die Notbremse. Und so fuhr der Zug weiter, und die Ebene ratterte vorbei, und die Vorstadt von Danzig war dann noch häßlicher als die einzelnen Häuser vorher, wohl grüßten plötzlich die schönen Türme des Rathauses und der Marienkirche über die schlecht renovierte Bahnhofsfassade, aber unser Paar war aus dem Glücksrad herausgefallen.

Rudi hatte die Koffer auf den Gang gestellt und stand jetzt am Fenster. Das Käthchen war aber einfach sitzen geblieben. Sie kam sich in diesem Zug und in diesem ganzen Land endgültig vollkommen fremd und verloren vor. Absolut überflüssig.

Nachdem sie in den Danziger Behelfsbahnhof eingerattert waren, drängten die Leute Rudi zum Ausgang, Taschen und Pakete wurden gegen seine Beine gestoßen, er aber ließ sich nicht schieben, öffnete das Fenster und reichte einem freundlichen Uniformierten die Koffer hinaus.

Während er dies schwitzend tat, beschloß er fern der Heimat, sich nun ernsthaft um eine Landkommune im Waldviertel zu bemühen, in Wien seinen Schreibtisch-Job zu kündigen und sich dann irgendwo einen passenden Hof zu suchen. Selbstversorger, ohne Chemie, ohne Chef, im Rhythmus der Natur – vielleicht würde das Käthchen auf so einem Hof auch wieder normaler werden. Solange sein Vater lebte, konnte er mit seiner Kommune zweifellos nicht auf den Niklasberg, aber später einmal, warum nicht?

Sicher würde dieser Versuch einer Landkommune nicht mühelos oder, zum Beispiel für seine plötzliche Ehe, auch ganz gefahrlos sein, aber die Methoden und Regeln des Miteinanderumgehens, die Organisation des Alltags in einer Gruppe, wäre für momentane Egozentriker vielleicht doch sehr lehrreich. Und nicht nur für sie beide möglicherweise, sondern auch für Franziska, Rado und andere.

Vielleicht konnte da doch noch etwas entstehen, was noch eine neue Erfahrung und Kraft in seinem Leben sein würde, ja er hatte durchaus die Hoffnung, daß ein paar seiner mehr und mehr zufrierenden Erfahrungskanäle in so einer Gruppe doch vielleicht eher enteist werden könnten, denn das Käthchen und er waren sichtlich alleine zu schwach dazu. Vielleicht auch zu höflich. Sein emotioneller Apparat müßte endlich radikaler in Bewegung gesetzt werden. Auch wenn's weh tun würde. Man mußte sich selbst ganz privat riskieren, jeder immer wieder neu, sonst lebte man wohl nicht.

Ächzend trug er die Koffer durch die schmutzige Bahnhofshalle und wollte schnurgerade zu einem Taxi, aber es war keines da. Und niemand wußte, ob hier noch jemals eines kommen würde.

„Wissen Sie, es ist eben schon Feierabend heute", sagte einer freundlich, „der Herr Taxifahrer ist schon lieber zu Hause."

„Na eine feine Gegend", dachte sich Rudi, „man findt's ganz natürlich, und kein Hahn kraht danach."

Also fuhren sie mit einer altmodischen, hochstufigen, äußerst wackligen Straßenbahn Richtung Hotel und schleppten dann mit echter Mühe und aufkommender Wut ihre neun Gepäckstücke quer über eine von Trampelpfaden durchzogene Wiese, an Kriegsruinen und vernagelten Würstelbuden vorbei, bis sie endlich das von bundesdeutschen Autos umringte Novotel erreichten. „Ja, so was erlebt man nur selten zu Haus", dachte sich Rudolf, „solche Reisen, die bilden den Menschen erst aus."

Ein sehr seriöser Hoteldiener öffnete die Glastür und fragte: „Wollen günstig wechseln, bittäserr."

Der alte Thaya drehte den Brief wieder herum und fing noch einmal an zu lesen:

„Liebe Eltern, nun sind wir endlich an der Ostsee,

und das Wetter ist herrlich. Die Innenstadt von Danzig ist prachtvoll, auch wenn sie nur Kulisse ist, aber die Tore und auch die Brücken über dem grünen Wassermoos der Kanäle sind täuschend echt, und der prachtvolle Artushof, der gerade renoviert wird, der gefällt mir überhaupt am besten. Hier drin haben die Großeltern in der Zeit, als Danzig noch die ‚Freie Stadt' war, ihre großen Feste gefeiert. Käthe weiß zwar nichts davon, aber Franziska hat mir das einmal erzählt. Aber alles das ist ja nur Allerweltstourismus, was mich aber wirklich umgeschmissen hat, das ist das Haus der Großeltern in Zoppot. Mit dem Stadtplan im alten Baedeker fanden wir es ganz schnell. Der kleine Platz oben auf der Kaiserhöhe ist baulich gar nicht verändert, ja die Gullies haben sogar noch deutsche Aufschriften. Nur Unkraut gibt's viel auf den Wegen, und die alten weißen Zäune sind nicht mehr weiß, sondern grau und eingeknickt und vielfach zerbrochen. Das Haus selbst steht in einem Garten, der nach Westen mehr Ziergarten, nach Osten Obstgarten ist. Da das Haus eines der am höchsten liegenden von ganz Zoppot ist, bietet es bei gutem Wetter einen herrlichen Rundblick, nach Osten hin auf die See, da übersieht man die ganze Zoppoter Bucht mit Hela und Adlershorst im Norden, dann die Küste mit Glettkau, Brösen, die Hafeneinfahrt bei Neufahrwasser und dahinter die zarte Uferlinie über Neubude nach der Frischen Nehrung hin. Als wir das erste Mal oben waren, war das Wetter so klar, daß wir sogar jenseits der Frischen Nehrung und des Frischen Haffs die Elbinger Höhen bei Cadinen sahen. Nach Süden dehnen sich die Wohnviertel von Oliva und Langfuhr aus, und man sieht sogar die Türme von Danzig. Nach Westen hin sind noch ein paar Gärten und Villen, dahinter liegt aber schon der Zoppoter Wald mit der berühmten Waldbühne, wo die Nazis Richard Wagner gedröhnt haben und wo heute Pop-Festivals lärmen. Wir waren bei einem. Es war außerordentlich geschmacklos. Genau wie bei uns. Im Norden, wie gesagt, sieht man Klein Katz und Gotenhafen, das heute Gdynia heißt. So wie sich die polnischen Arbeiter dort im September 39 verschanzt haben, genau so hartnäckig sind sie hier jetzt wieder. Mit Schwerarbeitern ist schwer umgehn. Käthe erzählt, daß die ganze Familie von hier heroben im September 39 die Kämpfe um die Westerplatte und später die Seeoperationen gegen die Halbinsel Hela beobachtet hat."

„Und so weiter und so weiter", dachte der Alte und sah mit Behagen von seinem Lehnstuhl auf das gelbe Feld vor dem Südfenster, durch das mit leisem Rascheln immer wieder der Wind durchging bis zum Wald hin und weiter zum Wilhelmshof.

Doch auf den Spuren der Väter also. Kritisch das nachvollziehen, was die gedacht und erlebt haben. Nachsehen, wo sie gelebt haben, was sie gebaut und geschrieben haben, und warum. Nicht unbedingt alles nachmachen, aber wissen, warum es so war. Der alte Bonowski hat sich also, im Bewußtsein der von ihm gegründeten tausendköpfigen „Arbeitsgemeinschaft katholischer Deutscher" im Rücken, am Balkon seiner Villa, im Kreise seiner drei hochragenden Söhne und soundsoviel Töchter, die ersten Paukenschläge der Ouvertüre zum Weltkrieg zwo, im Danziger Freilufttheater „Ostsee", mit großer Spannung angesehen. Rund um sie reiften wohl auch damals die Äpfel und Pflaumen in den Septembergärten, und vor den Kirchtürmen von Danzig war Feuer und Tod für die heldenmütigen polnischen Verteidiger. Ramtamtamtam – Treffer Krach Feuer – Detonation – Richard Wagner – Ramtamtamtam – und dann wurde es ernst, und genau fünf Jahre später war er schon tot. Krebs. Ohne Vorwarnung. Aus der Traum. Wollte eine Welt verändern, gründete eine eigene Partei mit Tausenden Mitgliedern, hat den Wahnsinnigen auf dem Obersalzberg und sogar den Papst in Rom tagelang mit seinen Eigenheiten und Ideen beschäftigt – und was ist geblieben von ihm? Ein paar Manuskripte, die keiner mehr liest, und Enkelkinder irgendwo, die nie an ihn denken, weil sie ihn nie gesehen haben, und auch nie das flache, sandige Land im Salzhauch der See, dem der alte Bonowski glaubte gedient zu haben, und das es faktisch nun lang schon nicht mehr gab.

Die Frau kam herein und brachte den alten Thaya wieder in die Niklasberger Wirklichkeit zurück.

„Dein Bruder ist tot“, sagte sie, „auf der Post liegt ein Telegramm. Sie haben's gerade durchgegeben. Magenkrebs“, sagte sie, stellte sich ans Fenster, sah auf den Fluß hinunter und weinte.

„Ohne Vorwarnung“, dachte er, „nur zur Hochzeit war er schon nicht mehr nach Mödling gekommen, weil ihm am Magen plötzlich schlecht geworden war. Hatte nur das Bild mit der Mutter, dem Kind und dem Holzpferd geschickt und einen kurzen Brief. Und jetzt Krebs. Ohne Vorwarnung. Aus der Traum. Wollte eine Welt verändern, hat gezeichnet und gemalt, gebetet und geschrieben, über das Leben, die Kunst, die Etrusker – und was ist geblieben? Ein paar Bilder irgendwo ohne Zusammenhang, ein Buch, das alle jeweils woanders abgelegt haben, Artikel dort und da – und aus. Die vielen Gedanken, die vielen Ideen, die Witze alle, weg, aus, vorbei. Die große Liebe, die grade er aller Welt entgegengebracht hat, den großen ehrlichen Willen zur Veränderung, Verbesserung, Vergeistigung seiner eigenen Umwelt, die schönen Sätze und die großen Worte, wo sind sie jetzt? – Und die strahlenden blauen Augen über dem buschigen Schnurrbart? Und sein Lächeln, seine Begeisterung, seine liebenswürdige Weisheit? Weg, aus, vorbei."

Der alte Thaya stand schwer auf, trat zu seiner Frau, sah, daß sie weinte, wußte, daß er sie nicht werde trösten können, fürchtete auch, sie zu stören, drehte sich also um und ging hinunter zum Fluß und den Uferweg entlang gegen die Grenze hin.

Da schien ihm plötzlich der Boden ganz leicht unter seinen Schritten zu zittern, und das stärker werdende Rollen und Grollen in der Luft hörte sich wie Kriegslärm an. Als er aber auch im Fluß noch diese seltsamen Querrillen bemerkte, und daß der trockene Lehm zwischen dem Schilf und den Weidenwurzeln am Ufer mehr und mehr hauchdünne Risse bekam, die sich in Sekundenschnelle vergrößerten, da wußte er, daß drüben wieder einmal die tschechischen Panzer ihre aufgeregten Kurven drehten, weil's irgendwo an den neuralgischen Punkten der Welt wieder einmal Unruhen gab, in Brandenburg oder am Ussuri.

Der alte Thaya war besorgt, dachte an seinen Sohn und nahm sich vor, abends unbedingt die Nachrichten zu hören, ging aber vorerst einmal rechts zwischen seinen Feldern den Sandweg nach Ziernreith hinauf und freute sich über die sauber und frisch gemähten Wiesen, die vogelnesterdurchsetzten Weißdornhecken und den lila Schleier der Gräser überm Haferfeld.

Er ging, ohne zu denken, legte sich dann auf den warmen Boden oben am Waldrand, von wo er nach Mähren hinübersehen konnte, und als ihm die Augen zufielen, nahm er noch das helle Blau des Himmels und die kleinen ziehenden Sommerwolken mit hinüber in den Schlaf.

Was Rudolf in seinem freundlichen Brief nicht beschrieben hatte, um seine Eltern nicht zu erschrecken, war der Abend bei Lolek gewesen, dem Mann, der jetzt mit seiner Frau und seinen drei Kindern im Haus von Katharinas Großeltern in Zoppot wohnte, das jetzt Sopot hieß.

Eine Beschreibung der akkuraten chinesischen Einrichtung hätte den alten Thaya nicht erschreckt, denn die Vasen und Teppiche, die geschnitzten Tische und die durchbrochenen Paravents aus dem Fernen Osten gaben der Zoppoter Villa, auf dem Hügel oben mit dem Blick auf die Ostsee, einen durchaus internationalen Reeder-Chic.

Der momentane Besitzer war nämlich jahrelang der Repräsentant der „Polski Ocean Line“ in der Volksrepublik China gewesen. Aber seit seiner Rückkehr nach Polen fand er nun die ganze polnische Misere hier kleinkariert und scheußlich, und je länger der Abend gedauert hatte, desto wilder war die Verzweiflung über die „Zustände hier“ wieder angewachsen, und dies alles hatte nun Rudolf seinem Vater eben nicht schreiben wollen, vor allem auch nicht, daß Lolek ihn schließlich weinend in der Morgendämmerung zur Werft hinunter gefahren hatte.

Katharina war ja, Gott sei Dank, wegen plötzlicher Kopfschmerzen gar nicht erst zu der Einladung mitgekommen, sondern hatte sich im Novotel hingelegt. Sie wolle die beiden gar nicht erst stören bei der von ihr erwarteten Polenduselei, hatte sie gesagt. Also war Rudolf allein mit der Straßenbahn nach Zoppot hinausgefahren.

Und da stand er nun vor der Werft. Und sah auch sofort die Angst seines Gastgebers bestätigt. Er hatte zwar tagelang schon von „Benzinknappheit im Raum Danzig“ und von „Arbeiter-Unzufriedenheit“ reden gehört, aber erst in dieser Nacht hatte er von Lolek, diesem cleveren Funktionär der polnischen Hochseeschiffahrt, das ganze Ausmaß der „Katastrophe“ erfahren, und nun standen sie tatsächlich beide da vor dem geschlossenen Tor, am frühen Morgen des neunzehnten August, und sahen, daß Loleks Angst schon sehr berechtigt gewesen war.

„Fabriksbesetzung“, sagte Lolek, „wie sollen wir das tolerieren? Das können wir doch nicht.“

Das große Gittertor, also die Autoeinfahrt der Werft, war fest verschlossen, nur durch das kleine Tor rechts gingen immer wieder Arbeiter hin und her. Ein kleiner, alter Mann, der die Scheine kontrollierte, öffnete und schloß das Tor.

„Der Kollege vorhin am Parkplatz hat mir geflüstert, viertausend von den Arbeitern sollen heute in den Hallen geschlafen haben“, sagte Lolek in seinem etwas scharfen, aber sehr genauen DDR-Deutsch, „und die da alle, die vielen hundert Leute von der Frühschicht, die da heraußen stehen, die wissen jetzt nicht, ob sie sich der Besetzung und dem Streik anschließen werden, ob sie arbeiten anfangen müssen oder ob sie einfach hier nur warten sollen auf ein Wunder."

„Was sagt der Lautsprecher?" fragte Rudolf.

„Daß keiner geschlagen werden wird, wenn er die Arbeit aufnehmen will", sagte Lolek.

Einige Arbeiter begannen ein Kirchenlied zu singen. Rudolf fiel auf, daß am Gitter eine Reproduktion der Schwarzen Madonna von Tschenstochau hing, sonst nichts, keine Parolen, keine Aufrufe, nichts, nur die Madonna.

„Und was sagt er jetzt?" fragte Rudolf.

„Daß an der ganzen Küste heroben schon vierzig Betriebe bestreikt werden", sagte Lolek, „und daß die Direktoren der Werft nichts können als die Arbeiter belügen."

Pause.

„Das ist denen ihr Hauptproblem", sagte Lolek.

„Du bist aber doch auch so ein Direktor?" fragte Rudolf.

„Ja, das ist wieder meins", sagte Lolek, und etwas später sagte er, „es ist, glaube ich, besser, ihr fahrt doch baldmöglichst weg von hier. Vielleicht heute noch. Am besten, sofort. Denn wer weiß, wie lange das noch möglich ist. Werden überhaupt noch Eisenbahnkarten nach Warschau verkauft?" fragte er dann, und da Rudolf das nicht wußte, fuhren sie gleich zum Bahnhof.

Dort arbeitete aber niemand. Zumindest war niemand zu sehen. Entweder waren sie zu früh da, oder es gab auch hier schon Unregelmäßigkeiten. Sie setzten sich auf eine der schmutzigen Bänke, und Lolek sagte: „Das schlimmste ist das ewige Warten und daß niemand nach den jahrelangen Wortverdrehungen und Versprechungen dieser Regierung noch irgend etwas glaubt. Was immer die sagen, es wird nur noch gelacht. Propaganda sagen die Leute und grinsen. Diese Herren da oben können nämlich weder das Fleisch und die Kartoffeln liefern noch die andern lebenswichtigen Produkte, aber schon gar nicht das Produkt Wahrheit. Daß sich die Regierung die Lieferung dieses lebenswichtigen Produktes einfach immer weniger leisten kann, das ist der eigentliche Bankrott."

„Also wird doch alles zusammengedroschen werden", sagte Rudolf. „Wenn sich irgendwer einbildet, daß das noch etwas nützt in der Situation, dann ja", sagte Lolek.

Pause.

„Hier kommt heute wohl niemand mehr, besser ich bringe euch doch selber nach Warschau, bevor was passiert", sagte er dann, stand auf, und schweigend fuhren sie zum Novotel. Nur daß Rudolf sich wegen des Benzinverbrauchs keine Sorgen machen sollte, sagte Lolek noch, Benzin bekomme er im Hafen immer genug, mehr, als er je brauchen könne, seinen halben Dollarvorrat hätte er von seinem überflüssigen Benzin.

Zwei Stunden später waren sie schon samt dem Käthchen bei Torun, das früher einmal Thorn geheißen hatte, aber plötzlich war die Straße durch unzählige Rotkreuzwagen gesperrt.

„Was ist denn?“ fragte Lolek.

„Viele hundert Tote“, sagte einer aus dem offenen Fenster, „fahr weg da, laß uns vorbei.“

„Schießen s’ schon?“ fragte Rudolf.

„Ein Zusammenstoß“, sagte Lolek.

„Ah, nennt man das jetzt so?“ fragte Rudolf.

„Eisenbahn glaub’ ich, Eisenbahn“, sagte Lolek und versuchte über die Böschung hinunter auf eine Nebenstraße zu kommen.

„Na, bei euch bricht aber jetzt auch alles zusammen“, sagte das Käthchen.

„Ja“, sagte Lolek und setzte krachend auf der Nebenstraße auf, „das wird bei uns hier heroben wohl nie mehr so sein wie vor diesem August, wie immer das jetzt ausgeht.“

Pause.

„Denn wahrscheinlich“, sagte er, „ist das für unsere Großfürsten doch der Anfang vom Ende.“

„Für welche Großfürsten denn?“ fragte Käthchen.

Eine Streife hielt sie an, notierte grob die Nummern der Papiere, ließ sie dann jedoch weiterfahren. Als Lolek aber noch etwas fragen wollte, klang die Antwort so, als hätten sie gesagt, halt ’s Maul, Idiot, und hau endlich ab.

In diesem Sommer meldete sich auch der Doktor Müller wieder auf dem Niklasberg, erkundigte sich nach Rudi und seinen Freunden, die er in jenem Sommer damals hier kennengelernt hatte, und war entsetzt über den Zustand des alten Thaya.

Da beide Herren aber seit jeher eine Menge gemeinsamer Interessen hatten und nicht nur über die Urgeschichte und die Religionsgeschichte sprachen, sondern auch über Missionsfragen – Doktor Müller war ja als Missionar eine Zeitlang in Martinique und lange Jahre in Uganda gewesen –, so waren diese Stunden für beide doch recht erquicklich. Auch über die Streiks in Polen sprachen sie ausführlich.

Da der Doktor Müller aber ja schon immer von einer unbedingten Zuverlässigkeit in den Dingen der theoretischen Vernunft gewesen war, unverdächtig, irgendwelche vordergründigen Repräsentationsinteressen wichtiger genommen zu haben als die Begriffe Ehrlichkeit und Gerechtigkeit, fragte ihn der alte Thaya doch auch bald, was denn da wahr dran sei, daß irgendwer im fernen Stift in Oberösterreich beschlossen habe, den Pfarrwald da hinter der Kirche zu schlagen, ohne Einverständnis des hiesigen Pfarrkirchenrates.

Alles Dämonische und Dunkle entsetze ihn prinzipiell, sagte darauf der Doktor Müller, und was die Bauern da täten, das wäre eben, schlicht gesagt, eine Diffamierungskampagne, eine ganz gemeine Hetze. Jawohl! Die Rechtslage sei nämlich völlig klar, und die wirren Vorstellungen der Bauern seien da eben nur wirr. Er, als ein altmodischer Humanist, der immer noch an eine harmonische Ordnung glaube, die man aber eben nur mit Gesetzen aufrechterhalten könne, sei nicht nur beunruhigt über die Entwicklung zur Barbarei und zum allgemeinen Unrecht in diesem Jahrhundert, sondern genauso beunruhigt über die unverschämten Forderungen dieses lokalen Pfarrkirchenrates, sie seien zwar vielleicht zeittypisch, aber eben doch vollkommen unrechtmäßig.

Das Stift habe das Recht, auch hier heraußen im Wald Holz zu schlagen. Jawohl! Das Recht.

„Liegt es vielleicht doch an einer gewissen Ausgeschöpftheit und Verbrauchtheit der Theologie, daß an sich banale Probleme so explosiv werden, und wieso ist dieser Verfall des Vertrauens zwischen Pfarrkirchenrat und Stift denn so plötzlich und so stark?“ fragte der alte Thaya und versuchte den Ärger des Herrn Doktor Müller durch eine grundsätzliche Problemstellung aufzufangen, aber der fragte nur: „Explosiv, wieso explosiv?“ Es handle sich hier um Rechte des Stiftes, sagte er dann, die rigoros einzuhalten seien, und sonst handle es sich hier um gar nichts. Hier sei eine präzise, intellektuelle Einfachheit gefordert, und die von den Bauern ins Spiel gebrachten bösen Mächte und das ganze Gnaden- und Erbsündengerede seien einfach lächerlich.

Er schüttelte die runde, blonde Mähne seiner krausen Haare, und seine kleinen, beweglichen Äuglein zeigten sich ganz bekümmert. Aber sonst versuchte der ordnungsliebende Mann, es sich nicht anmerken zu lassen, wie sehr er sich ärgerte, und daß er eigentlich in diesem Jahr neben seinen vielen Skripten auch diesen Auftrag in sein Sommervertretungsidyll mitgebracht hatte, das Waldproblem sauber, klar und schnell vor Ort zu lösen und den Bauern kraft seiner Intelligenz klarzumachen, daß sie eben, schlicht gesagt, Unrecht hatten.

Das helle Rosa seiner Wangen zeigte jetzt schon stark seine Erregung, und da der alte Thaya das bemerkte, sagte er: „Na wenn da nur nichts passiert.“

„Ach, was soll da schon passieren“, sagte der

Doktor Müller, und der herrisch sichere Ton dieses jahrelang geschulten und geübten Analytikers ließ den alten Thaya nun doch vergessen, was er darüber an Befürchtungen schon gehört hatte.

„Das wird alles viel schneller erledigt sein, als alle da denken", sagte der Doktor Müller noch.

„Sie müssen bald nach Rom, ich weiß", sagte der alte Thaya darauf, und da er ohnehin müde war, unterbrachen die beiden ziemlich abrupt ihr Gespräch.

Die hellen, langen Tage hatten das Korn gelb und reif gemacht. Nach dem vielen Regen im Juni hatte es mehr Erdbeeren und Schwammerln gegeben als die Jahre vorher, und jetzt, Ende Juli, war der Boden der Felder so trocken, daß er schon Sprünge zeigte. Feldmäuse konnte man huschen sehen, Heuschrekken, und im Wald reiften die süßesten Himbeeren, an die sich die Dorfkinder erinnern konnten. Vormittags und nachmittags saßen die größeren auf den Traktoren und Heuwagen, fuhren auf die Felder und halfen beim Aufladen und Abladen, aber mittags gab's das große Geplätscher in der Thaya. Ein stabiles Floß wurde gebaut und mit viel Gejohle bis Weikertschlag hinuntergeplantscht. Bei den Wehren mußte es immer getragen werden, und wenn's sonst flach wurde, auch. Und je mehr sie ihr Floß tragen mußten, desto mehr mußten sie lachen.

Mittlerweile waren auch die großen Mähdrescher aus dem Burgenland wieder zurückgekommen, wo die Ernte immer ein paar Wochen früher war, und jetzt, Anfang August, waren langsam auch die Ziernreither, Niklasberger und Unterpertholzer Felder abgeerntet und abgebrannt. Auch die Herdstelle, wo sich die Kinder am Fluß ihre Würstel und Kartoffel gebraten hatten, lag eines Mittags vereinsamt. Die heißen Tage waren bald vorbei. Es war ein gutes Erntejahr, sogar die unteren Thayafelder, die der Alte schon seit einigen Jahren verpachtet hatte, hatten in diesem Jahr wieder prachtvoll getragen, und so wie bei ihm war die Stimmung in allen Dörfern ruhig und gut, und alle sprachen von der Jagd am kommenden Sonntag.

Nur das große Roggenfeld vor dem Herrenhaus stand noch. Seit langer Zeit gab's schon ein Übereinkommen, daß dieses Feld als letztes abgeerntet wird.

„Da Summa is' aussi, i geh' obi ins Toi", pfiff der alte Thaya vor sich hin und schnitt die grauen Ribiselstauden aus. Er sah mit Strohhut, blauer Schürze, Pfeife und Gartenschere auch wirklich sehr fachmännisch aus.

Da kam außerordentlich aufgeregt Oberlehrer Kurz in den Garten und rief schon von der Pforte her: „Bitte schön, da sind schon alle Traktoren, sozusagen mitten im Wald!"

Der alte Thaya verstand ihn zwar nicht, sah aber, daß er aufgeregt war, und bückte sich, um ihm ein paar Erdbeeren aufzusammeln.

„Alles, bitte schön, sozusagen erstklassig vorbereitet", sagte Oberlehrer Kurz geradezu militärisch, „kommen Sie, alle Bauern wehren sich dagegen, daß unser Pfarrholz ins Stift geschleift werden soll!"

„Sie haben mich letzthin gefragt", sagte der Alte, ohne den Lehrer rein akustisch verstanden zu haben, „was das Eigentliche im Leben eines Menschen sei, ich glaube, im richtigen Augenblick gegen alle Trägheit eine eigene Entscheidung zu treffen, das ist wohl das Eigentliche im Leben." Der Alte gab dem Oberlehrer mit diesem Merksatz die Handvoll Erdbeeren, und der nahm sie auch, hatte seine Gedanken aber sichtlich ganz woanders.

„Aber die heutige Politik bewegt uns alle ja leider immer weiter davon weg", sagte der Alte weiter, „und wir hier sind überhaupt alle schon fast gelähmt und lassen irgendwo irgendwen alles entscheiden für uns. Wir sind der letzte Rest des vorindustriellen Mitteleuropa, ohne Verbindung irgendwohin, nicht einmal die Eisenbahn kommt bis zu uns da herauf, Einschicht, wirkungslos, vergessen. Wir merken zwar immer noch, wenn's irgendwo einen größeren Kracher macht auf der Welt, wie jetzt in Polen, aber uns selber gibt's eigentlich schon gar nicht mehr."

„Eigentlich passiert doch aber sozusagen gerade das Gegenteil", sagte der Lehrer, „nämlich, sozusagen, unser Holz, wissen Sie – heute ist ein Erntetag für Sie, sozusagen, nämlich was Sie jahrelang in die Leute hineingepredigt haben, sozusagen, das wird heute geerntet, radikal, die sind alle zusammen, draußen im Wald."

Der Alte hatte aber auch diesen Satz nicht klar gehört, und da er dem aufgenommenen Lautbild auch nach einigem Nachdenken keinen nachträglichen Sinn abringen konnte, zeigte er auf das Buch, das der Lehrer unter dem Arm hatte, und „Urgeschichte?" fragte er.

„Ganz im Gegenteil, bitte sehr", sagte der Lehrer, „Hohberg sozusagen, Barock, einer der Bedeutendsten deutscher Zunge."

„So", sagte der Alte.

„Die Hadermühle unten am Fluß“, sagte der Lehrer, „gehörte vor dreihundert Jahren diesem Wolf Helmhard von Hohberg, sozusagen, und der lebte auch hier in seinem Hof in Süßenbach.“

„In unserem Süßenbach da?“ fragte der Alte.

„In unserm Süßenbach. Weiß nur niemand mehr. Reste von seinem Hof werden, sozusagen als Stall, aber ich selbst habe noch eines seiner Bücher, das Original gewissermaßen, in dieser Hand, Nationalbibliothek, Buch über das Schneiden von Nutzpflanzen, von den Fichten bis zu den Ribiseln, prachtvolle Holzschnitte, aber vollkommen vergessen.“

„Und abgesehen von den Ribiseln, warum soll der so bedeutend sein?“ fragte der Alte und schnitt weiter seine Stauden.

„Weil er vorausgesehen hat, daß er vergessen werden wird, und weil er trotzdem über dreißig Bücher, in denen er alles aufgeschrieben, was er für gut und wichtig. Eben auch, wer das Recht hat, das Pfarrholz, wo und wie, zu schneiden. Was ich hier in Auszügen mir selbst sozusagen. Dreihundert Jahre nach seinem Tod, heute also, alle Traktoren sind im Wald und quer überm Weg. Kommen Sie?“

Der Alte verschloß nach dieser dringenden Aufforderung seine Baumschere bedächtig mit dem dafür vorgesehenen kleinen Häkchen, ließ die Stauden Stauden sein und wanderte langsam mit dem Lehrer durch den spätsommerlichen Garten, ging gebückt durch die Pforte, am Brunnenhaus vorbei und am Nußbaum, ging links dann durch die Friedhofspforte und vom Friedhof langsam über den Sandweg zum Wald.

„Kurz“, führte Kurz seinen langen Satz abrupt zu

Ende, „er hat nicht nur geschrieben über das Ausschneiden, sozusagen, der Ribiselstauden, sondern auch über Bienenzucht, Fischzucht, Pferdezucht, Schweinezucht, über die Aufzucht von Kindern und wie man mit den Frauen, am Hof sozusagen, speziell mit der eigenen, außerordentlich, selbst ich, sozusagen, habe für mich selbst jedenfalls, ich meine, jedes Kapitel sehr lesenswert, konzentriert, exakt, jeder Satz eine Nachricht, insgesamt sozusagen ein Bericht über alle Einzelheiten des Wie und Warum seines Lebens."

„Schön", sagte der Alte, „daß so einer bei uns da heroben gelebt hat."

„Auch er sozusagen Endfigur einer Entwicklung", sagte der Lehrer, „aber jede noch so ausgeprägte Art einer Gesellschaft versinkt ja immer wieder, kann auch in dieser Art in keiner Weise, auch unsere nicht, bitte schön, wiederkehren, so wie wir hier, das wird in hundert Jahren wie fernes Mittelalter sozusagen, wenn unsere Traktoren, Fernsehn, Telefon, nicht mehr der neueste Schrei, man sollte aufschreiben und dadurch retten, was gerade noch existent, was gut ist an uns, sozusagen, an unserer, bitte schön, Lebensweise, auch für Künftige."

„Gut", sagte der Alte, „wenn mir noch Zeit bleibt, werde ich seine Bücher lesen, und wenn mir dann immer noch Zeit bleibt, werde ich versuchen, aufzuschreiben, was ich für wichtig halte. Morgen muß ich die Stauden fertigschneiden, aber dann."

„Und heute sozusagen, woll'n die vom Stift das Holz holen bitte", sagte der Lehrer, „ich aber habe organisiert, daß alle Bauern ihre Traktoren auf die Waldwege fahren, sozusagen."

„Sie?“

„Ja.“

„Und wer hat das erlaubt?“

„Wir selbst sozusagen, haben alles, im richtigen Moment, wie Sie sagen, gegen jede Trägheit sozusagen, eine eigene Entscheidung. Auch das berichtenswert, sozusagen absolut.“

Und tatsächlich, geschützt hinter den Randfichten stand schon der erste rote Traktor. Dem Kienast seiner. Grinsend standen der Kienast und der Dobrowolny daneben.

„Oben steht der Boat“, sagte er, „unten da Zoder und dribn da Zach.“

Der alte Thaya atmete schwer. Der Waldweg war zwar nicht so rutschig wie im Winter, aber doch sehr uneben. Tatsächlich, dort oben stand dem Barth sein Riesentraktor auch quer über den Weg.

Langsam näherte sich der Volvo des Herrn Doktor Müller. Alle Bauern freuten sich auf sein Gesicht. Zwei andere Autos waren in größerer Entfernung stehengeblieben. Was wird der jetzt wohl sagen? Wird er brüllen, bitten, predigen oder nachgeben?

Der Doktor Müller fuhr sehr langsam. Er war angerufen worden. Er wußte, was da gespielt wurde. Aber glauben konnte er die Geschichte immer noch nicht. War ja wie im Mittelalter. Bauernkrieg. Allerdings, wenn die in Wut gerieten, konnten die ihm schon einen Ast drüberhauen, da kannten die nichts. So war wohl auch der heilige Adalbert bei den Preußen erschlagen worden. Wohl auch bei einem ländlichen Abgabenstreit? Blut gab er für Geld?

Zack. Da stand der Kienast. Ausgerechnet. Und

neben ihm der Dobrowolny. Grinsend. Und hinter den beiden der Traktor, von dem die Rede gewesen war am Telefon. Der Doktor Müller stieg aus.

„Bleibt der da?“ fragte er.

„Ja“, sagte der Kienast.

„Dann miassma hoit oben rausfahrn mit dem Holz.“

„Wenn S’ kennan“, sagte der Dobrowolny.

„Wieso net?“ fragte der Doktor Müller, der mit den Bauern normalerweise immer in der Mundart sprach.

„Wäus iban Boat dribafliagn miassatn“, sagte der Dobrowolny und grinste weiter. Mittlerweile waren die Bauern, die auf alle Wegeinfahrten sich verteilt hatten, vom Kienast durch einen Schuß auf die Seite der Niklasberger Felder geholt worden, wo der Doktor Müller jetzt stand und staunte. Die Bauern hatten sich alle um den Traktor aufgebaut.

„Liebe Pfarrkinder“, sagte da der Doktor Müller plötzlich in einem ganz ungewohnten Hochdeutsch, „so bedauerlich das alles ist, ich glaube nicht, daß das Stift da eine Schuld trifft. Es ist sichtlich bei all euren Überlegungen unberücksichtigt geblieben, daß unser Stift von Oberösterreich aus jedes Jahr nicht nur die Steuern, sondern auch die Versicherungen für den ganzen Wald zu bezahlen hat, abgesehen von der Tatsache, daß wir auch grundsätzlich für alle Schäden hier aufkommen müssen.“

Pause.

„Mir woin ja nur die Orgel repariert ham. Net olles Holz hergeben fir aire goldenen Altäre im Stift“, sagte plötzlich der Kienast.

„Erstens bitte hat das Stift ohne Einspruch und ohne Zustimmung das Recht, seinen Besitz zu verwalten und zu nutzen, das Stift trägt ja bitte auch die laufenden Kosten der Aufforstung, wie gäb's denn sonst hier Zuwachs ...“

„Die Orgel woima repariert ham. Den Rest kennts eh fladern.“

„Alles zu seiner Zeit. Erst muß das Kloster renoviert sein, und dann kommt eure Orgel.“

„Sie geht aber nimmer.“

„Alles hat seinen Plan und seine Ordnung. Und die eingeleiteten Maßnahmen werden wir uns durch unzufriedene und uneinsichtige Pfarrkinder aus Niklasberg und Umgebung keinesweg revidieren lassen, im Gegenteil, wir haben gute Gründe für unsere Vorgangsweise und bleiben dabei.“

Der sonst so umgängliche Doktor Müller war sichtlich verärgert.

Pause.

„Sie sind jetzt sicher überrascht“, sagte der alte Thaya, drängte sich etwas vor und stützte sich sowohl auf den Traktor als auch auf seinen Stock, „mich hier im Wald zu sehen, und schon gar mitten unter den Unzufriedenen, aber da Sie unentwegt von Recht und Ordnung reden, muß ich Ihnen sagen, daß es sich hier nicht um Recht und Ordnung handelt, sondern um eine Frage der Moral. Seit Jahrhunderten hat das Stift hier den Wald geschlagen, aber seit Jahrhunderten wurde dafür die Kirche hier von eurem Stift aus in Ordnung gehalten, und die Orgel gehört da dazu.“

„Mir ham bei jeder Mess' an akustischen Sauhaufen, wäu ma ohne Orgel net singa kennan.“

„Liebe Pfarrkinder“, sagte der Doktor Müller.

„Die Pfarrkinder san boden“, sagte der Kienast, „mir da san lauter selbständige Bauern, und uns kennts ihr Feudalherrn net die Butter vom Brot nehma. Mir zoin Kirchenstaier gnua fir de poar Messn do.“

„Das Stift ist aber dringend reparaturbedürftig und ...“

„Aire Altäre woits vergoidn, und mir ham ka Orgel!“

„Liebe Pfarrkinder ...“

„Hau ma ihms Auto zam?“

Wie in der Reformation, schoß es dem Doktor Müller durch den Kopf, damals wollten die Leute plötzlich das Geld nicht mehr nach Rom schicken und heut nicht ihr Holz ins Stift. Laut aber sagte er: „Die eingeleiteten Maßnahmen werden wir uns durch unzufriedene und uneinsichtige Pfarrkinder nicht revidieren lassen“, schmiß sich in seinen Volvo und brauste mit johlendem Retourgang den Feldweg zurück zum Kirchensteig, wendete dort und rauschte ab.

„Gewonnen“, sagte der Lehrer nach einer Schreckminute, „des hätt ma erledigt“, und schon fuhren alle mit ihren Traktoren aus ihren Verstecken heraus und zum Gasthaus nach Unterpertholz, um die neue Lage zu beraten.

Der alte Thaya aber hatte sich doch mehr aufgeregt, als er erst gedacht hatte, setzte sich auf einen Holzstoß seitlich unter eine Birke und wußte plötzlich nicht mehr, wovon eigentlich die Rede gewesen war. Vom Glück irgendwie. Von einer eigenen Entscheidung im richtigen Augenblick.

Aber warum?

Niemand kümmerte sich um ihn. Alle waren aufgeregt redend verschwunden.

Der alte Thaya sah langsam ein Reh über den Weg kommen. Und noch eins. Und ein drittes. Insgesamt waren es sieben, äugten kaum, verließen sich ganz auf die Vorsicht des ersten. Erschienen und verschwanden.

Mit dem befriedigenden Gedanken, daß seine Nachbarn sich gegen einen Fremden erfolgreich gewehrt hatten, schlief er ein. Mögen Steine auch noch so lange im Wasser liegen, wenn sie herausgenommen und aneinandergeschlagen werden, so sprüht doch Feuer aus ihnen.

DIE VERWIRRUNG UND DAS RAUSCHEN VOM WEHR

Daß der alte Thaya an jenem Tag einen Stock aus dem Wald mitgebracht hatte, war niemandem aufgefallen. Aber allmählich benutzte er den Waldstock auch im Haus. Ja, er konnte bald ohne den Stock gar nicht mehr gehen.

Er saß viel. Er hatte sich einige Hohberg-Bücher aus Wien kommen lassen und las oft den ganzen Tag. Schrieb sich auch manches auf. Für Rudi, sagte er seiner Frau. Und wußte doch, daß es nichts mehr werden konnte. Er sah selbst, wie er Buchstaben ausließ, schrieb wieder Weinacht statt Weihnacht, schrieb Nachitag statt Nachmittag, schrieb 1/8 8 Rowein, statt 1/8 Rotwein und verwirrte die Worte, wie er sich damals bei seiner großen Rede in Weikertschlag verwirrt hatte. Er kämpfte wohl dagegen an, aber es nutzte nicht viel.

Der Tag, an dem vor seinem Südfenster das Roggenfeld vom großen Mähdrescher weggefressen worden war, und hinter dem ratternden Riesentier der Schwanz des zerkleinerten Häcksel sich im Wind hob und senkte, um sich abends letztendlich nach all dem Geknatter wieder leise und müde aufs kahle Feld zu legen, der Tag war der erste, an dem der alte Thaya gar nicht mehr aufgestanden war.

Eine Verkühlung, sagte seine Frau. Aber es war die Eisenbahn. Er fuhr den ganzen Tag mit der Eisenbahn durch das heiße Likagebirge zur ersehnten

Adria hinunter und schimpfte stundenlang laut mit dem Zugführer, weil der die abschüssige Strecke viel zu schnell und rücksichtslos fuhr.

„Hörst du sie, hörst du, wie sie rattert?“ sagte er.

„Aber das ist doch der Zach draußen“, sagte sie.

Fest hielt er sich am Rand des Bettes angekrallt und schrie vor Angst, wenn es wieder zu schnell in eine Kurve ging.

„Du hast Fieber“, sagte sie. Und abends sagte er dann: „Und jetzt fährt er wieder gar nicht. Immer dasselbe, erst rasen diese Idioten, und jetzt ist jedes Kuhdorf eine Hauptstation. Und wir kommen wieder zu spät.“

„Wohin?“ fragte sie.

„Der Doktor Andrić hat uns eingeladen, in sein Haus am alten Hafen drüben“, sagte er. Und als er sie ansah mit leeren grauen Augen, da wußte sie, daß er verrückt geworden war, und strich ihm leise und langsam, wie ein ganz junges Mädchen, über die wirren, weißen Haare.

Langsam beruhigte er sich, lehnte sich zurück und schlief ein.

Es blieb heiß die nächsten Tage. Mittags zitterte die Luft über den abgeernteten und verbrannten Feldern. Der alte Thaya lag meistens regungslos. Dann wieder fantasierte er unverständlich von großen, farbigen Blüten im Urwald.

Der Arzt gab Pillen und Säfte, aber die Stunden der Verwirrung und der dunklen Angst wurden länger, und die hellen Augenblicke waren von Tag zu Tag seltener.

Als der Doktor Müller ihn besuchen kam und

fragte: „Sie haben etwas über den alten Hohberg geschrieben, hab' ich gehört", sagte er nur: „Geschrieben hab' ich viel, ja, nur nicht mehr lesen können hab' ich's am nächsten Tag."

Nach einem kurzen Klopfen traten auch der Oberlehrer Kurz, der Ortsvorsteher Neupauer und der Nachbar Kienast herein. Der Doktor Müller war etwas indigniert, weil er die drei seit der Auseinandersetzung im Wald nicht mehr gesehen hatte, der alte Thaya aber wurde jetzt noch einmal ganz munter.

„Ah, die Herren Revoluzzer", sagte er, „nehmts Platz, nehmts Platz, und liegt eigentlich das Holz noch?" fragte er plötzlich den Doktor Müller.

„Ist das so wichtig?" sagte der.

„O ja, mein Lieber, das ist wichtiger als die ganze jenseitige Seligkeit. Ich hab' mir das alles aufgeschrieben. Da drüben liegt's. Natürlich hab' ich gehört, daß Sie das Holz in der Nacht heimlich dann doch noch haben wegbringen lassen, jaja, das ist Ihnen gelungen, aber das Pfarrleben ham S' endgültig ruiniert damit. Wissen S' schon, daß einer gar g'sagt hat, sie woll'n eine Mess' machen ohne einen Pfarrer? Wie damals in der Reformation? Der alte Bischof in St. Pölten wird sich sehr überlegen, was er dazu sagt. Der weiß, ihr könnts sehr schnell am End' sein da heroben."

„Messen ohne Priester da im Dorf?"

„Die lassen sich von euch doch nicht mehr herumkommandieren! Ihr heißt's zwar immer noch Chor-Herren, aber was seids denn heute? Kleine Angestellte. So wie die Lehrer halt. Und Herren seids halt wirklich keine mehr, weils halt keine Untertanen mehr habts. Und darum war Ihr Ton da im Wald so besonders daneben. Allein der Ausdruck ‚uneinsichtige Pfarrkinder' ist heutzutag doch wirklich vollkommen lächerlich. Nein nein, das Herrntum ist endgültig vorbei. Ich hab' ein feines Ohr dafür, weil mich trifft's ja auch. Ich wohn' zwar noch in einem ‚Herrenhaus', aber bin ich deswegen noch ein Herr? Herr über was? Hab' ich Untertanen? Nein. Aber was ist ein Herr ohne Untertanen? Nix. Wir haben wohl noch eine gewisse innere Haltung, den Lebensstil von Herren, vererbt, anerzogen, auch im Umgang mit anderen haben wir so eine gewisse herablassende Arroganz – und wir sind auch Grundbesitzer, relativ große sogar, ihr Chorherren im Stift, und ich da heraußen, aber Herren in der eigentlichen Bedeutung, Herren über andere, das sind wir alle nicht mehr. Unsere Herrschaftswelt der geistlichen und weltlichen Herren ist ein für allemal tot. Und das alte Bauerntum dazu. Alles tot. Das ‚Bauernhaus' verschwindet genauso schnell wie das ‚Herrenhaus'. Und was kommt? Die Fremdenpension, der Fremdenverkehrsbauer, der Nebenerwerbsbauer, der staatliche Landschaftsgärtner – und bei euch das Ferienkloster. Gut, von mir aus, aber Stiftsuntertanen gibt's dann eben wirklich nimmer. Die Zeiten sind vorbei. Also. Ich reg' mich da so auf, weil das nämlich meine große Sorge ist, daß die neuen ‚Herren' sich wohl die Macht erobert haben, auch im Kloster, ja, aber immer noch nicht begriffen haben, was vielen von den alten Herren jahrhundertelang selbstverständlich war, daß jeder von ihnen nicht nur für sich, sondern auch für Recht und Tugend seiner Untertanen verantwortlich war. Ja sicher, vieles war falsch früher, aber das haben die Herren damals doch von klein auf gelernt, daß sie Vorbilder zu sein hatten. Auch im Wald."

Erschöpft legte er sich zurück. Dann sagte er ganz leise: „Mir hat das nicht gefallen mit dem Holz, und ob Sie recht haben oder nicht, ist dabei ganz egal, Sie haben die Leute verletzt, und das ist eben grundfalsch. So Leut' wie Sie sind der Tod der Demokratie. Denn glauben S' mir, und ich sag' das jetzt ohne jede Ironie, das System allein ist zu wenig, wenn es nicht fähig ist, neben Mehrheitsvoten auch Vorbilder hervorzubringen. Es ist doch wirklich so einfach, wie der Herr, so das Gscherr. Und einige wissen das. Und die paar sollten sich radikal zusammentun, bevor's wieder einmal zu spät ist mit unserer Demokratie."

Erschöpft schloß er die Augen. Der Doktor Müller blieb noch einige Zeit reglos neben ihm sitzen. Er betrachtete das schmale, eingefallene Gesicht. Weil der Alte kein Gebiß mehr trug, sah sein Kopf aus wie ein Totenkopf. Und der Schweiß am Haaransatz glänzte wie die Klebestellen einer Totenmaske.

Während der Doktor Müller ihm zugehört hatte, hatte er ihn so ganz nebenbei gezeichnet. Gerade noch, wie man so sagt, „nach dem Leben". Aber er hat das Blatt nie jemandem gezeigt und am ersten Todestag des Alten im Kamin verbrannt. Dem Propheten war es offensichtlich nicht gelungen, sich Gehör zu verschaffen, also wurde der Prophet verbrannt.

An jenem Nachmittag war der Doktor Müller dann ganz plötzlich aufgestanden und hatte grußlos den

Raum verlassen, ohne die Bauern, die während der ganzen Unterhaltung stumm hinter ihm gesessen waren, überhaupt nur anzuschauen.

Die hatten aber auf irgendeine andere Reaktion von ihm gewartet und blieben nun ihrerseits sprachlos sitzen.

Der Ortsvorsteher Neupauer hatte ein Rexglas seiner frisch eingemachten Schweinsleberpastete mitgebracht, um den alten Thaya zu erfreuen, und hielt nun das Glas fest auf seinen Knien. Oberlehrer Kurz und der Nachbar Kienast hatten die neuen Steinzeitfunde aus Ziernreith gebracht, die ersten Äcker waren ja schon für die Wintersaat aufgerissen worden, aber als der Oberlehrer Kurz dann fragte: „Soll ich denn die Steine draußen in unser Museum legen?“ sagte der alte Mann plötzlich: „Ich will nicht sterben, Herr Pfarrer.“

Der Alte schien mittlerweile weder Kienast noch Kurz zu erkennen und verstand nur irgendwann das Wort Museum, denn er sagte noch: „Mein Sohn und diese Frau, die werden das alles ohnedies rauswerfen; soll alles nach Raabs, das ganze Steinzeug, und er soll sich seine eigenen Blödheiten zusammensuchen, ave Maria, et cum spiritu tuo, deo gratias, ite missa est.“

Und dann schlief er wieder. Kienast wollte noch sagen, daß eine sozialistische Bauernvereinigung jetzt auch in Ziernreith heftig Mitglieder anwerbe, aber er sah, daß den alten Thaya das nicht mehr interessierte. So ging er leise hinter dem Oberlehrer aus dem Zimmer und erklärte diesem draußen, warum die neuen Werber vielleicht doch Aussicht auf einen gewissen Erfolg hätten, weil nämlich Geld könne viel verändern, und der Haß auf die vom Stift auch.

„Ich kümmer' mich drum", sagte der Lehrer und gab den andern die Hand, „und glaubt's mir, das System allein is' nix, Mehrheitsvoten sind keine Vorbilder auf die Dauer, da hat er schon recht, treff ma uns abends beim Eanhefla, und leg man uns fest, wia ma weiter verhandeln min Stift."

Oberlehrer Kurz hatte Wesentliches begriffen.

Ende August verlangte der alte Thaya noch einmal Feder und Papier und schrieb einen Satz auf für seinen Sohn.

„Vielleicht", sagte er, „werde ich nicht mehr reden können, wenn er zurückkommt, dann geb' ich ihm das."

Er schrieb mit großer Mühe.

Es wurde eine schlimme Nacht. Der Kranke schlug immer wieder minutenlang mit beiden Armen um sich und redete wild. Dann stöhnte er und fuhr wieder steil den Berg hinunter mit der Likabahn. Laut rief er die alten Namen der damaligen Stationen.

Früh am Morgen brachte seine Frau ihm eine Schale Erdbeeren aus dem Garten. Sie hob ihm den Kopf und fütterte ihn wie ein Kind.

„Was für ein wunderbarer Geruch", sagte er und legte den Kopf zur Seite.

Mittags, als sie ihm den Brief aus Krakau brachte, merkte sie, daß er tot war.

Die Fenster im alten Herrenhaus waren alle geöffnet worden, damit die Seele ungehindert in den Himmel fahren konnte. Gott sei Dank waren es die warmen Tage im August, und da auch kein Wind fauchte, ging nicht ein einziges Fenster in Scherben. Die Spiegel waren alle verhängt worden, und die Uhren abgestellt.

Der Tote war gewaschen worden, hatte nun seinen schwarzen Anzug an und lag unten in der Halle aufgebahrt. Rundum waren dicke Fichtenbuschen aufgehängt, und so hatte, wie Franziska später sagte, „alles etwas von einem Jagdessen".

Dem Toten hatte man das Gesicht und speziell die Augen mit einem feuchten Leinenläppchen bedeckt, damit sie nicht blau und schwarz wurden bis zum Begräbnistag. Auf die Brust hatte man ihm ein kleines Wachskreuz gegeben und um die gefalteten Hände einen Rosenkranz gewickelt.

Da er keine besonderen Anweisungen hinterlassen hatte, machte man alles so, wie es üblich war im Dorf. Auf einem Tischchen standen zwei brennende Kerzen mit einem Silberbecher Weihwasser und drei Kornähren, mit denen jeder Besucher den Toten „einweihen" konnte. Jeden Abend kamen aus jedem Haus im Dorf mehrere Personen, die unzählige Rosenkränze, Litaneien und andere Gebete für das Seelenheil des Verstorbenen beteten. Der Vorbeter war der Nachbar Kienast. Er war nicht dazu bestimmt worden, aber es hatte sich so ergeben. Kienast war ein sehr religiöser Mann und hatte den alten Thaya persönlich wie einen Vater geliebt.

Unter der Totenbahre stand ein Kohlebecken, und darin gloste Weihrauch, damit die arme Seele leichter vom Trauerhaus scheiden konnte.

Das sonst recht stille Haus war am Begräbnistag voll Lärm und voll von Gästen. Der helle Augusttag, dessen kühler Morgen den Waldviertler Herbst schon kurz hatte ahnen lassen, war mittags heiß und stechend.

Vier starke Männer hoben den Sarg und trugen den Toten den kurzen Weg, den er so oft gegangen war, am Nußbaum und an den Zwetschkenbäumen vorbei, zur Friedhofspforte. Der Tote wurde mit seinen Füßen voran getragen, damit er nicht „zurückschauen" konnte. Am Friedhof wurde er abgestellt, noch einmal eingesegnet, die Bauern sangen eins der Lieder, die sie immer schon gesungen haben, und als die Glocken zu läuten anfingen, wurde der Sarg zum Grab getragen. Dort an der Bruchsteinmauer mit dem Blick zur alten Apsis, zu den Obstbäumen und auf das hohe Dach des Herrenhauses, dort etwa, wo er unlängst noch mit dem Oberlehrer Kurz in der Sonne gesessen hatte, dort wurde er nun in die Erde gesenkt.

Alle, die gekommen waren, um von ihm Abschied zu nehmen, warfen nun drei Hände voll Erde ins Grab. Die Nachbarn machten das sehr genau, die Wiener eher schnell und unsicher. Dann dankte der Vorbeter im Namen der alten Frau Thaya für die Begleitung und lud zum „Totentrunk". Reden hatte sich der alte Thaya verbeten. Er hatte nur hinterlassen, daß die Blaskapelle spielen sollte. Und das tat sie auch zur Freude aller Anwesenden.

Also war alles, schon wegen der Kürze des Weges, zwar recht feierlich, aber auch sehr schnell gegangen, und weder hatte irgendwer offiziell den Bezirkshauptmann, den Bürgermeister, die Herren vom Militär und von der Feuerwehr begrüßt, noch war aufgefallen, daß außer dem Doktor Müller niemand vom Stift gekommen war. Wohl aber waren alle roten und schwarzen Gemeinderäte da, nicht nur alle Nachbarn, sondern auch der Barth und der Bittner, der Hofstätter und der Zach, der Neuwirth und der Strohmayer, der Strobl und der Dobrowolny, der Ackerl und der Hummel mit all ihren Frauen und Kindern, rotgesichtig von der Ernte und schwitzend in ihren Festtagskleidern. Es waren auch Damen und Herren aus Zwettl und aus Weitra da, ein alter Schulfreund aus Drosendorf und auch eine junge Frau aus Horn, Frau Elkan und Herr Witzmann, die Fedrigottis und die Thurns, die Wartas und die Roulets, der Doktabauer, seine Frau und viele, die gar niemand recht kannte.

Aber auch der alte Michalek war da. Mit seinem zahnlosen Mund und den ganz hellen, wasserblauen Augen stand er unbeweglich an der Mauer. Er kannte nicht nur alle Schwammerlplätze an der mährischen Thaya, sondern er war auch der einzige, der Rudi und das Mädchen aus Wien damals zu Weihnachten auf dem Hochsitz an der Grenze beobachtet hatte. Und jetzt warf man den Alten ins Loch, und der Junge war immer noch unterwegs mit der Schneekatz'. Allerdings war sie ja jetzt wohl seine Frau. Und das da drüben war die Schwiegermutter. Auch ein fesches Bauwerk. Hatte wohl nicht umsonst zwei Männer mit, dachte der alte Michalek, und trotz der allgemeinen Trauergefühle grinste er zahnlos vor sich hin.

Was er nicht wußte, war, daß sich Franziska gerade auf der Fahrt hier heraus sowohl gegen Jean-Paul als auch gegen Mister Bommi entschieden hatte. Trotzdem war dieser so übermütig, daß es Franziska schon peinlich war, und sie ihn schon mehrmals mit dem Ellbogen hatte anstoßen müssen. Aber Bommi sagte nur: „Ich mach' doch eh die trübsinnigste Miene von der Welt; mehr Trauer kann keiner verlangen; der alte Thaya hätt' bei der Hitz' schon lang gesagt, das ist die Zeit, wo die Roten einen kühlen Weißen brauchen."

Nun war auch die Blasmusik zu Ende.

Dies lockerte auch Jean-Paul, der mit geübter Friedhofsmiene schräg neben der Baronin Schwarzenau stand. Da die Baronin wußte, wie gut ihr die Trauerkleider standen, war auch sie, trotz der frommen Musik, bester Laune. Er, Schwarzenau, überlegte die ganze Zeit voll Freude, für wie wenig Dukaten er den ganzen Krempel hier demnächst erwerben würde, und sie, die Baronin, hatte Jean-Paul vorhin flüsternd eingeladen, auf dem Rückweg bei ihnen vorbeizukommen, und Jean-Paul überlegte nun, was alles Angenehmes bei so einem Aufenthalt würde passieren können.

„Wir fahren ja auch immer nur in der Früh nach Wien", sagte sie, „bis Horn sind dann alle Straßen leer, und auch ab Horn sind in der Früh kaum Laster."

Das Wort „Laster" erweckte in Jean-Paul nun endgültig die angenehmsten Assoziationen, und auch der Baronin gab's einen freudigen Stich.

Jean-Paul war nämlich wieder einmal ohne seine Frau gekommen, leider aber wieder mit seinen beiden Gören. Sofort war ihm klar, da mußte nun irgend etwas organisiert werden. Die hiesigen Meßbuben erwiesen sich allerdings als wesentlich lahmer als die in Mödling, und so ergab sich also in dieser Hinsicht schlicht gar nichts. „Halt doch Provinz“, dachte sich die Ältere.

Gott sei Dank aber fanden die Mädchen, während die andern beim Umtrunk waren, den engen Aufgang zum Dachboden und verbrachten dort doch noch einen herrlichen Nachmittag im kargen Licht der Dachluken zwischen alten Kleidern und Hüten, Windrädern, Wetterfahnen, Puppenhäusern und Vorhängen, Hirschgeweihen, bemalten Zielscheiben und verstaubten Photographien aus Tarnów, Krakau, Teschen, Breslau, Ragusa, Spalato und Zara, und abends wurden sie dann, Jean-Paul hatte das wirklich geschickt arrangiert, ins Auto von Tante Franziska verladen, die sie dann nach Wien brachte.

Zu der Zeit war schon der gesamte Kameradschaftsbund leicht betrunken, die Freiwillige Feuerwehr aber bereits vollkommen und sternhagelvoll. Lange noch sprach man auch deswegen im Dorf von dem „Pfundsbegräbnis“ des alten Herrn.

Doktor Müller war nach dem offiziellen Teil in den Pfarrwald gegangen, um sich noch einmal in Ruhe anzusehen, wieviel denn nun wirklich hier herausgeschlagen worden war, und machte sich dabei so seine Gedanken, was wohl die Herren in Rom dazu gebracht haben mochte, daß sie ihm letztlich diesen eher kühlen Brief geschrieben hatten.

Jean-Paul indes war unterwegs zur Fiffi Schwarzenau. Er war von allem, was sich hier so tat, sehr angetan.

Rudi und Käthe bekamen das Telegramm noch in Krakau im Hotel. Sie buchten sofort um und verbrachten dann die zwei Stunden bis zur Abfahrt des Chopinexpreß noch oben auf dem Wawel.

Die Figurengräber der polnischen Könige dort und der erstaunliche Silbersarg des heiligen Stanislaus waren ein zusätzlicher Grund, über den Tod und das Nichtwiederbringliche nachzudenken. Und Rudolf sprach auch immer wieder von den Streiks in Danzig, die ihn sehr beschäftigten.

„Ich wär' ja lieber nach Florenz und Siena gefahren", sagte sie, „aber wie immer hat meine liebe Mutter mit sanftem Druck durchgesetzt, daß ich wieder einmal dahin gefahren bin, wo sie wollte, daß ich hinfahr'."

„Und ich werde wohl", sagte er, „den Niklasberg jetzt übernehmen müssen."

Pause.

„Ja gut, mach das", sagte sie, „dann lass' ich mich aber scheiden."

Pause.

„Wann?" fragte er.

„Man wird seh'n", sagte sie.

„Na ja, vielleicht wirklich", sagte er.

„Vielleicht in einem Monat, vielleicht in einem Jahr", sagte sie.

Pause.

„Oder du schaust dir alles jetzt doch noch einmal an", sagte er.

Als dann die Burg geschlossen wurde, gingen die beiden langsam zum Fluß hinunter, Rudi brach einen kleinen Ast von einer Rotföhre und sagte: „Den leg' ich ihm in Niklasberg aufs Grab, als Gruß vom

Königshügel der Jagellonen, ich glaub', das hätt' ihn gefreut, für solche Gesten hat er immer Sinn gehabt."

Am nächsten Morgen nahmen sie sich dann an der österreichischen Grenzstation einen Mietwagen und waren schon zu Mittag am Niklasberg. Nach einem kurzen Besuch am Grab und im stillen Haus bei der Mutter fuhren sie weiter nach Wien.

Am Tag vor Weihnachten zog das junge Paar dann offiziell ein ins alte Herrenhaus. Das ganze Dorf war zum Essen geladen, die jungen Mädchen halfen in der Küche und die Buben beim Tragen und Servieren.

„Es lebe die Familie Thaya", sagte der Oberlehrer Kurz beim Essen, hob sein Glas und lächelte dem Käthchen zu, „so bleibt sich alles hier im Grund doch immer wieder gleich, sozusagen."

„Auf das Dorf", sagte Käthe etwas unsicher.

„Auf den Fluß", sagte Rudi, hob sein Glas und horchte auf das gleichmäßige Rauschen vom Wehr unten, das sein Vater so geliebt hatte.

„Da hab' ich noch etwas", sagte seine Mutter plötzlich und gab Rudi einen Zettel, „er hat noch ganz am Schluß was für dich aufgeschrieben."

Er steckte den Zettel lächelnd ein und las ihn erst später. „Vergiß nicht die Erdbeeren", stand drauf. Die andern Worte konnte er nur sehr schlecht lesen. „Vorbild", las er, „Trägheit" und „eigene Entscheidung".

„Na gut", dachte er, „entscheiden muß ich mich ja ohnehin dauernd". Und „Vorbild", na ja, wer ist schon ein „Vorbild". – Aber da er seinen Vater immer noch sehr liebte, nahm er ihm das Gekritzel da nicht übel, warf den Zettel unten am Wehr in die Thaya und sah zu, wie er immer kleiner wurde zwischen den ruhig schwimmenden Eisschollen, auf denen die Wintersonne glitzerte.

Gerald Szyszkowitz

Mord in Betlehem

Wien Verlag – AWV Verlag